INGE GAMPL

TÄUSCHUNGEN

MEINEM BRUDER ERNST

INGE GAMPL

TÄUSCHUNGEN

ROMAN

ibera verlag, wien

Für kritische Ratschläge schulde ich Dank:
meinen Töchtern Moni und Ruthi,
Helly Scheuba, Erich Wejrowsky, Kurt Jirasko.
Brigitte Schinkele
danke ich für »Jus in Wien«,
mit dem jetzigen Studienplan der
Wiener Rechtswissenschaftlichen Fakultät.

I. G.

Die Deutsche Bibliothek – CIP-Einheitsaufnahme
Gampl, Inge:
Täuschungen:
Roman / Inge Gampl.
1. Aufl. Wien: Ibera-Verl., 2000
ISBN 3-85052-023-4

1. Auflage

Umschlagbild: Peter Newrkla
Herstellung: Ueberreuther Buchproduktion, Korneuburg
ISBN 3-85052-023-4

www.ibera.at

Es ist nicht alles Schein,
was trügt.

1.

Der Kunsthändler Friedrich Kersten war 55 Jahre alt und Stiller Teilhaber der *Urbanek-Antiquitäten.* Er gehörte zu den Menschen, die grundsätzlich positiv gestimmt sind. Mittelgroß und schlank, hatte Friedrich die ideale Figur für Designer-Konfektion, die er abwechselnd mit Maßanzügen trug. Die bifokale Brille auf dem Rücken seiner schmalen Nase rutschte gewöhnlich ein bißchen nach vorn.

Seit gestern war Friedrich in London. Hier dachte er fast ständig an Manfred Althoff, seinen besten Freund. Weil Manfreds Sohn Egon wieder einmal verschwunden war. Manfred mußte damit immer alleine fertigwerden, denn seine Frau hatte ihn vor vielen Jahren verlassen.

Manfred war Universitätsprofessor und nahm gerade an einem Kardiologenkongreß in Rom teil, wo er ein Hauptreferat hielt. Friedrichs Freundschaft mit ihm reichte in die Schulzeit zurück, die sie gemeinsam in der *Vienna International School* verbracht hatten. So telefonierte Friedrich nun täglich mit Manfred und hörte stets erneut, daß es von Egon – auch in Wien – keine Nachricht gab.

Am Christi-Himmelfahrts-Donnerstag, der in England kein Feiertag ist, und am Freitag nahm Friedrich sehr erfolgreich an Kunst-Versteigerungen bei *Sotheby's* teil.

Samstag vormittag machte Friedrich einen ausgedehnten City-Bummel. Ohne zu ahnen, wie dringend er schon bald ein Alibi für den Rest dieses Samstags brauchen werde, zog er sich dann am frühen Nachmittag im Hotel um – zum Tee, und für Wagners *Meistersinger von Nürnberg* in der Covent Garden Opera.

Das Telefon läutete. Friedrichs Tochter Karina meldete sich, wie jeden Tag, aus Wien.

»Ich rufe heute so früh an, weil du ja bald in die Oper gehst.«

»Ist Egon zurück?«

»Nein, tut mir leid.«

»Was hast du, mein Kind? Deine Stimme klingt so schwach.«

»Ich kann dich auch schlecht verstehen. Das muß an der Verbindung liegen. Hier in der Gußhausstraße ist jedenfalls alles in Ordnung.«

»Mit dir auch, Karina?»

»Alles bestens. Bis morgen, Vater! Ich hol' dich ab, vom Flugplatz.«

Karina legte auf. Friedrich dachte an Rückruf, kam jedoch gleich davon ab: Wahrscheinlich hatte es Karina eilig, zu einem Rendezvous zu kommen. Oder vielleicht erwartete sie Besuch, für den sie Vorbereitungen treffen mußte.

Karina war 19 und seit vorigem Herbst Jus-Studentin. Friedrich bemühte sich, ihr nicht als lästiger Aufpasser zu erscheinen, obwohl Karina in seinem privaten Leben die absolute Hauptrolle spielte. Karinas wegen hatte Friedrich, der früh verwitwet ist, nicht wieder geheiratet. Solange sie im Internat gewesen war, dem Preßbaumer Sacré-Coeur, hatte Karina nie etwas davon erfahren, wenn Friedrich eine amouröse Beziehung einging. Jetzt konnte er, gegebenenfalls, gewiß mit Karinas Verständnis rechnen. Aber nie würde er sich noch einmal an eine Frau ständig binden wollen.

Später, auf seinem Logenplatz, genoß Friedrich die Aufführung der einzigen Wagner-Oper mit landläufigem Happy-End. In Eva, der weiblichen Hauptfigur der *Meistersinger*, sah Friedrich natürlich Karina. Sich selbst identifizierte er aber nicht mit Evas Vater, Veit Pogner, sondern mit Hans Sachs, dem weise Verzichtenden.

Im zweiten Akt, wo die Flucht Walter Stolzings mit Eva mißlingt, mußte Friedrich wieder an Manfreds Sohn Egon denken. Und Friedrich hoffte, dessen Abgängigkeit möge eine wenigstens für Egon positive Erklärung finden.

Sonntag früh traf Friedrich einen Kunden, der ihm Aufträge für Wien mitgab – auch dies sollte bald zum Bestandteil von Friedrichs Alibi werden.

Gegen zwölf betrat Friedrich die Business Lounge im Flughafen Heathrow. Eine halbe Stunde später saß er in seinem Flieger nach Wien.

Friedrich bemerkte neben sich ein schwules Paar, Hand in Hand, aber im übrigen ganz unauffällig. Trotzdem fiel Friedrich sofort wieder ein, worum ihn sein Kompagnon, Otto Urbanek, schon zweimal gebeten hatte: Friedrich möge so tun, als sei er Ottos Geliebter! Auf diese Weise hoffe er, hatte Otto gesagt, dem Verbrecher auf die Spur zu kommen, in dessen Auftrag Ottos Mutter ermordet und ausgeraubt worden war. Den Aussagen der verurteilten Täter zufolge war ihr Bandenchef ein Homosexueller, der untergetaucht ist.

Das alles war geschehen, bevor Friedrich Otto kennenlernte. Trotz seines Mitgefühls lehnte Friedrich das Ansinnen Ottos kategorisch ab. Er wollte auch keine nähere Erklärung anhören, weil ihm Ottos Plan als völlig abstrus erschien. Und Friedrich hielt, was ihn selbst betraf, die Sache für erledigt.

Deshalb verdrängte er das alles sehr rasch wieder aus seinen Gedanken und widmete sich der mit jeder Flugmeile wachsenden Vorfreude auf das Wiedersehen mit seiner Tochter.

2.

In der Ankunftshalle des Vienna International Airport hielt Friedrich Ausschau nach Karina. Dabei rutsche seine Brille wie gewöhnlich etwas nach vorn. Mit dem Mittelfinger der rechten Hand schob er sie an die Nasenwurzel. Karina war nirgendwo zu sehen. Friedrichs Maschine war pünktlich um 16 Uhr 10 gelandet, also steckte sie wahrscheinlich in einem Stau.

Friedrich wartete etwa zwanzig Minuten, dann fuhr er mit dem Taxi in die Gußhausstraße. Der Lift brachte ihn zum zweiten Stock. Friedrich überlegte kurz, ob er läuten sollte. Nein, Karina war bestimmt nicht zu Hause. Und tatsächlich, die Wohnung war abgeschlossen. Friedrich sperrte die zwei neuen Schlösser der Wohnungstüre auf und trug das Gepäck ins Schlafzimmer. Auspacken wollte er später. Zuerst – es war gegen 18 Uhr – ging er in den Salon.

Dort lag etwas auf dem Boden. In der Dämmerung undeutlich zu erkennen, wirkte es wie eine männliche Gestalt. Anfangs hielt Friedrich das für eine Täuschung. Er schloß die Augen und kniff die Lider fest zusammen. Danach sah er immer noch dasselbe.

»Egon?«, durchschoß es Friedrich, und er machte Licht.

Nein, Egon war das nicht. Nun sah Friedrich die Pistole neben der Gestalt. Die gleiche Pistole, die er selbst besaß. Friedrich ging zu seinem Schreibtisch. Die Lade, in der er seine Waffe verwahrte, war aufgebrochen. Und leer.

Zögernd näherte sich Friedrich dem irritierenden Fund und umkreiste ihn. Die Augen des Mannes blickten starr ins Leere. Entsetzt erkannte Friedrich, daß er eine Leiche vor sich hatte. Die Leiche eines Unbekannten zwar – aber machte das die Sache weniger schlimm?

Friedrich eilte ins Vorzimmer, hob den Telefonhörer ab und wählte 1 - 3 - 3. Als die Polizei verständigt war, rief er Manfred Althoff an. Schon beim Wählen der Nummer fiel ihm ein, daß Manfred noch nicht aus Rom zurück sein konnte. Denn am Sonntagnachmittag hatte er die Generalversammlung der Internationalen Kardiologen-Vereinigung geleitet, deren Präsident Manfred war. Trotzdem legte Friedrich erst nach mehrmaligem Läutenlassen auf.

Gerne hätte er Charlotte Suttenberg angerufen, die immer Rat wußte. Aber Friedrich wollte die alte Dame, Witwe seines Onkels, nicht erschrecken.

So rief er Otto Urbanek an und bat ihn, so schnell wie möglich zu kommen.

Otto Urbanek, Gründer der schon erwähnten *Urbanek-Antiquitäten,* hatte – wie Manfred und Friedrich – die *Vienna International School* (kurz: VIS) besucht. Unter mehreren Bewerbern um Friedrichs Partnerschaft hatte dies zu Ottos Gunsten den Ausschlag gegeben. Denn Friedrich sah die Zugehörigkeit zum Kreis der VIS-Absolventen als die beste Empfehlung an, konnte damit doch zugleich ein gehobener familiärer Hintergrund als garantiert gelten.

Daß Otto sich auf diesen Hintergrund gerne und häufig berief, paßte freilich nicht recht dazu. Da Friedrich mit Otto, der zehn Jahre jünger war, sonst keinen Privatkontakt pflegte, hatte ihn das bisher kaum gestört. Wegen beider VIS-Mitgliedschaft war er mit Otto aber selbstverständlich per du. Und daß er Otto in einer Situation wie dieser blind vertrauen konnte, stand für Friedrich fest.

Während Friedrich auf Polizei und Urbanek wartete, begann er im Schlafzimmer Koffer und Reisetasche auszupacken. Er hoffte, daß ihn diese banale Tätigkeit ein wenig von der grausigen Entdeckung im Wohnzimmer ablenken würde. Aber das funktionierte nicht. Es quälte ihn der schlimme Gedanke – den er vergeblich zu verdrängen suchte –, daß Karina etwas mit der Sache zu tun haben mußte. War sie deswegen nicht am Flughafen gewesen? Wo steckte sie überhaupt?

Urbanek traf vor der Polizei ein. Urbanek war an die 1.90 groß und hatte glattes blondes Haar, von dem ihm gelegentlich eine Strähne in die Stirn fiel. Seine herablassende Art suggerierte, daß Urbanek alles wußte, alles konnte und sich für absolut fehlerfrei hielt.

Friedrich führte Urbanek ins Eßzimmer.

»Ich mute dir nicht zu, den Toten zu sehen. Das ist nichts für einen Ästheten wie dich. Oder willst du …?«

»Nein, vielen Dank. Was kann ich für dich tun?«

»Nur da sein und zuhören.«

Friedrich sprach alles aus, was ihn bezüglich Karina bewegte. Urbanek würde seine Fragen natürlich nicht beantworten können, dachte Friedrich. Er staunte nicht schlecht, als er hörte:

»Karina ist in Frankreich. Sie wollte meinen Rat, und ich hab' gesagt, sie soll sofort verschwinden.«

»Karina hat diesen Mann erschossen? Wer ist er?«

»Hör zu, Friedrich. Gleich wird die Polizei da sein. Je weniger du weißt, desto besser. Ich werde alles Nötige tun, um Karina zu schützen. Aber dafür mußt du mir endlich helfen, den schwulen Seidel zu finden! Der hat den Tod meiner heißgeliebten, wunderbaren Mutter auf dem Gewissen. Das muß endlich gesühnt werden!«

»Du verlangst also im Ernst, daß ich einen Warmen spiele, wann immer uns jemand zusammen sieht?«

»Dafür werde ich Karina nicht verraten.«

»Glaubst du, ich lass' mich erpressen? Es ist doch bei Karina bestimmt Notwehr gewesen!«

»Davon hat sie nichts gesagt.«

»Otto! Sag' mir, was du weißt!«

»Nein, das wär' ein großer Fehler. Und ich mach' bekanntlich keine Fehler. Also: Wir sagen, Karina sei schon seit Mittwoch in Frankreich. Sie war überhaupt nicht in Wien, als die Sache passierte. Das ist für Karina das beste. Und daß du in London warst, kannst du beweisen.«

»Aber sie müssen doch klären, wer meine Pistole abgefeuert hat! Und wie ein Fremder in meine versperrte Wohnung gekommen sein konnte!«

»Das sind natürlich harte Nüsse für die Polizei. Aber es gibt noch andere unaufgeklärte Fälle, Friedrich. Hauptsache, daß Karina nicht in Verdacht gerät.«

»Du glaubst, das läßt sich verhindern?«

»Ich habe Karina mein Handy mitgegeben. Du kennst die Nummer. Verbiete ihr, dich anzurufen und zu schreiben, solange die Polizei ermittelt. Damit du sagen kannst, du weißt nicht, wo sie sich aufhält. Und es wäre gut, wenn du in der nächsten Zeit bei mir wohnst.«

»Warum?«

»Erst deine Übersiedlung zu mir macht es wahrscheinlich, daß wir ein Liebespaar sind. Das mußt du natürlich auch deinen Freunden sagen, Charlotte Suttenberg und Professor Althoff zum Beispiel.«

»Die glauben das nie! Die kennen mich viel zu lang und viel zu gut!«

»Das besagt gar nichts! Viele Männer haben ihre ›warme‹ Ader erst sehr spät entdeckt! Jedenfalls mußt du dafür sorgen, daß du vorläufig nie ohne mich eingeladen wirst. Denn die mafiosen Kumpane vom Seidel, hinter dem ich her bin, haben ihre Ohren überall. Und nur wenn die davon überzeugt sind, daß ich schwul bin, habe ich eine Chance, dem Seidel in die Nähe zu kommen. Und für seine Bestrafung zu sorgen.«

Ehe Friedrich etwas erwidern konnte, läutete es an der Wohnungstüre. Friedrich öffnete und ließ die Polizei ein: Ein Spurensicherungsteam, einen Arzt, sowie Kriminalmajor Klaus Mertens und Kommissar Bertram Ogris.

Mertens war 43, mit buschigen Brauen und Schnurrbart. Mertens' Spürsinn, Kombinationstalent und Beurteilungsvermögen waren außergewöhnlich gut, weshalb er zu den erfolgreichsten Verbrechensaufklärern zählte. Ogris war 57, graumeliert, groß, aber etwas untersetzt, und langjähriger Mitarbeiter von Mertens.

Zuerst wurden Friedrichs und Urbaneks Personalien aufgenommen, wobei Urbanek darauf hinwies, daß Friedrich in nächster Zeit bei ihm, Urbanek, wohnen und erreichbar sein werde, sei es unten im Geschäft am Lueger-Ring, sei es ebendort im letzten Stock, in Urbaneks Wohnung.

Friedrich schilderte seine Rückkehr aus London, dann die Entdeckung des toten Unbekannten. Karina erwähnte er mit keinem Wort, denn er war ein Feind falscher Angaben und wollte warten, welche Fragen ihm gestellt würden. Er hoffte, bei seinen Antworten ohne Unwahrheit auszukommen.

Ogris machte Mertens ein Zeichen. Dieser unterbrach das Gespräch mit Friedrich. Ogris meldete:

»Wir hab'm nix g'funden bei der Leich. Kan Ausweis, ka Adreßbüchel, kan Kalender. In der Brieftasch'n is' nur a bissl Geld. In sei'n Börsel a'. Wir wiss'n net, wer der Tote is'.«

»Und Ihnen, Herr Kersten, ist der Tote wirklich völlig unbekannt?«

»Ja, Herr Major. Ich habe ihn niemals zuvor gesehen. Das kann ich beeiden.«

»Wie viele Schlüsselgarnituren gibt es zu Ihrer Wohnung?«

»Drei, Herr Major. Meine eigene, eine, die meiner Tochter gehört, und eine Reservegarnitur.«

»Wo ist Ihre Tochter?«

»Sie ist für ein Jahr nach Frankreich gegangen.«

»Wann?«

»Am Tag vor Christi Himmelfahrt«, log Friedrich in Beherzigung von Urbaneks Worten. »Die Schlüssel hat sie bei sich.«

Mertens verlangte, die Reservegarnitur zu sehen. Von Mertens und Ogris gefolgt, ging Friedrich in sein Schlafzimmer. Dort öffnete er das Wandsafe und zeigte den Kriminalbeamten die Schlüssel.

Zu Friedrichs Erleichterung ließ Mertens es damit fürs erste genug sein. Der Arzt hatte inzwischen festgestellt, daß der Mord gestern, Samstag abend, geschehen sein müsse. Nun wollte Mertens möglichst viele Hausbewohner befragen, ob sie einen Schuß gehört hätten.

3.

Der Hausmeister des Hauses in der Gußhausstraße hieß Josef Freitag. Er war 48 und ledig. Er erklärte, gestern abend keinen Schuß gehört und auch sonst nichts Verdächtiges bemerkt zu haben. Er sei ab 19 Uhr etwa eineinhalb Stunden bei Stefanie Neuwirth, einer 82jährigen Dame im 4. Stock, zu Besuch gewesen. Danach habe er in seiner Wohnung die Fernsehnachrichten *Zeit im Bild 2* angesehen und sei schlafen gegangen. Kerstens Tochter sei ihm seit Tagen nicht mehr begegnet, allerdings sei er selbst tagsüber anderswo beschäftigt.

Auf die Befragung von Frau Neuwirth, der alten Dame, wurde verzichtet, nachdem deren Wirtschafterin, Elisabeth Fuxbauer, 58, den Besuch des Hausbesorgers bestätigt hatte. Die Wirtschafterin selbst hatte keine fallbezogene Wahrnehmung gemacht. Und wie der Hausmeister, hatte auch sie Karina Kersten schon länger nicht mehr im Haus getroffen.

Andere Personen konnten an jenem Sonntag nicht vernommen werden: Im 1. Stock befand sich eine Rechtsanwalts-Kanzlei, die zum Wochenende keinen Betrieb hatte. Auch im übrigen gab es in dem fünfstöckigen Haus pro Stockwerk nur eine Wohnung, wobei die Wohnungen im 3. Stock und im obersten Geschoß seit Monaten leer standen, weil der Verkauf des Hauses geplant war.

Die Auskünfte, die tags darauf – Montag früh – in der Anwaltskanzlei eingeholt wurden, erbrachten nichts, was für die Aufklärung des Falles von Bedeutung gewesen wäre: Weder eine der Sekretärinnen, noch der Konzipient waren am Samstagabend im Büro. Auch der Chef, Dr. Amadeus Schuster, nicht, obwohl dies bei ihm an anderen Wochenenden hin und wieder vorkam.

Professor Manfred Althoff arbeitete gewöhnlich bis 12 Uhr 30 im Allgemeinen Krankenhaus, kurz: AKH, dem die Wiener Universitätskliniken eingegliedert sind. Dort war Manfred Vorstand der Kardiologischen Abteilung.

Montag mittag erst erhielt Friedrich endlich den Rückruf, den er am Morgen in Manfreds Sekretariat erbeten hatte. Manfred entschuldigte sich für die lange Verzögerung – er war an der Klinik ununterbrochen in Anspruch genommen worden.

Friedrich erkundigte sich selbstverständlich zuerst nach Egon. Nein, von Egon gab's keine Nachricht. Und nein, Manfred habe die Polizei nicht eingeschaltet. Egon sei bekanntlich fünfundzwanzig, und Manfred wolle seinem Sohn genauso wenig als überbesorgt auf die Nerven gehen wie Friedrich seiner Tochter.

»Überhaupt jetzt, wo Egon in Preßburg sein Wunschmädchen gefunden zu haben glaubt.«

»Du meinst: Rothaarig? Wofür er immer schwärmte?«

»Ja. Mit grünen Augen, hat er gesagt.«

»Da kann man schon vergessen, sich bei seinem Vater zu melden.«

»Eben, das sage ich mir auch. Oder vielleicht ist Egon wieder einmal in einem Gebiet ohne Infrastruktur, wo er sein Handy nicht aufladen kann. Du weißt doch, wie spontan er Entschlüsse faßt, wenn seine Hilfe gebraucht wird. Ich werde jedenfalls erst etwas unternehmen, wenn ich zwei Wochen nichts von Egon gehört habe.«

Nun erzählte Friedrich sein schreckliches Heimkehr-Erlebnis. Manfred bedauerte, nicht rechtzeitig in Wien gewesen zu sein, um Friedrich beistehen zu können.

»Danke, Manfred. Jedenfalls wohne ich jetzt eine Weile bei Otto Urbanek.«

Friedrich nannte die Telefonnummern, unter denen er nun erreichbar war, und fügte hinzu:

»Was ich dir außerdem sagen will, ist nichts für's Telefon. Ich würde es dir gerne möglichst bald erzählen, nicht erst am übernächsten Mittwoch, wenn du zu mir kommst.«

Seit ein paar Jahren nämlich trafen sie einander jeweils am letzten Mittwoch des Monats zum Abendessen. Immer abwechselnd einmal bei Friedrich, der selbst gerne und gut kochte, das nächste Mal, auf Manfreds Einladung, in einem Restaurant. Vorausgesetzt, sie waren beide in Wien, und es kam nichts Berufliches dazwischen.

»Es tut mir wahnsinnig leid, Friedrich, ich habe momentan keine Minute Zeit. Durch den Kongreß in Rom hat sich so viel angehäuft, daß ich in den nächsten Tagen immer erst gegen drei von der Klinik wegkomme. Meine Ordination muß ich dann bis spät in die Nacht führen. Aber ich melde mich, sobald ich kann!«

Zwei Tage später stand fest, daß der unbekannte Tote aus Friedrichs Wohnung Zdenko Mrkvicka hieß, daß er 42 Jahre alt war und daß er als kleiner Drogendealer galt. Pathologischer Befund und Ergebnis der Spurensicherung belegten, daß Mrkvicka dort, wo ihn Friedrich Kersten fand, am Samstag zwischen 22 Uhr und 24 Uhr, mit Friedrich Kerstens Pistole erschossen worden war.

Die Auskunft der Schlüsselfirma lautete, daß Nachbestellungen von Schlüsseln, wie jener für Kerstens Wohnung, nur mit Unterschrift des Erstbestellers ausgeführt werden durften, und daß Kersten keine solche Bestellung gemacht habe.

Ogris kam zu Mertens ins Zimmer und berichtete, es gäbe nichts Neues in der Sache Mrkvicka. Deshalb spanne der »Rosi« jetzt den »Doppelten Anton« ein.

Besagter »Rosi« – Kommissar Herbert Rosenmayer – war 33, stämmig und durch nichts aus der Ruhe zu bringen. Kein überflüssiges Wort kam über seine Lippen. Deshalb waren ihm die Vernehmungen am liebsten, die ein anderer führte, bei denen er nur Notizen machen mußte. Den Doppelten Anton zu befragen war jedoch seine eigene Idee gewesen, und Rosi glaubte, von Anton am ehesten etwas zu erfahren, wenn er allein zu ihm kam. Meistens ließ sich Anton auch versprechen, nicht als Hinweisgeber genannt zu werden, was bisher immer funktioniert hatte, und diese nützliche Informationsquelle für Rosenmayer offen hielt.

Rosenmayer läutete an der Wohnungstür und erwartete, daß, wie gewöhnlich, Antons Frau Vroni öffnen werde. Doch Anton öffnete selbst. Als er Rosenmayers überraschtes Gesicht sah, erzählte Anton, daß die Vroni bei einer Freundin in Zürich sei.

Der Doppelte Anton wurde so genannt, weil er mit Vor- und Nachnamen Anton hieß. Er war von Beruf Glasermeister gewesen. Jetzt war er an die 70, hager, hatte ein faltiges Gesicht und schütteres Haar. Außerdem hatte er vielfache Informationsdrähte in die Ganovenszene, ohne sich selbst darin zu verwickeln.

Rosenmayer erklärte, daß er in Sachen Mrkvicka-Mord kam. Kaum war der Name Mrkvicka gefallen, wurde Anton Anton sehr gesprächig.

»Das war ein armes Schwein, der Mrkvicka. Der ist einer riesigen Täuschung aufgesessen. Seit er das wußte, suchte er in der Drogenszene den Mann, der seine Mutter ermorden ließ. Dieser Verbrecher hat dem Mrkvicka außerdem sehr viel Geld abgenommen, und dann ist er untergetaucht.«

»Wahre Geschichte?«

»Die Geschichte vom Mrkvicka ist so unglaublich, daß sie wahr sein muß! Aber genau kann sie dir nur die Vroni erzählen. Ich hab' mir bloß gemerkt, daß die Mutter vom Mrkvicka am Beginn einer Weltreise ermordet und bestohlen worden ist. In Polen oder Rußland.«

»Ostmafia?«

»Wahrscheinlich. Jedenfalls hat meine Vroni besonderes Mitleid gehabt mit dem Mrkvicka, und hat in ihm quasi einen Ersatzsohn gesehen. Denn ihr eigener Sohn – ich bin ihr zweiter Mann – ist längst aus dem Haus.«

Der redefaule Rosi sagte hierauf nichts als:

»Hilf uns.«

Anton Anton erwies sich wieder einmal als vollkommen im Bilde. Schließlich war in der Zeitung gestanden, daß Mrkvicka in einer fremden Wohnung erschossen wurde. So fragte Anton:

»Sucht ihr den illegalen Schlüsselmacher?«

»Ja.«

»Der sitzt in der Schlüsselfirma. Mehr kann ich nicht sagen. Wenn ihr ihn habt, wirst du verstehen, warum.«

Sein Gespräch mit dem Doppelten Anton hielt Rosenmayer schriftlich fest.

Nachdem Mertens den Bericht gelesen hatte, ordnete er neuerliche, entsprechend eindringliche Recherche bei der Schlüsselfirma an. Außerdem sollte Antons Ehefrau gleich nach ihrer Rückkehr aus Zürich über alles einvernommen werden, was sie von ihrem Schützling Mrkvicka wußte.

4.

An dem Mittwoch, an dem der »Rosi« den Doppelten Anton besuchte, war Ilona Bergmann, 33, schon fast einen Monat in Paris. Ihr neuer Roman spielte dort, und Ilona wollte sich vor Ablieferung des Manuskriptes vergewissern, daß sie das lokale Hintergrund-Kolorit aus der Erinnerung zutreffend beschrieben hatte.

Damit befolgte Ilona den Rat von Charlotte Suttenberg, die bereits als Friedrichs Tante erwähnt wurde. Charlotte ist jedoch außerdem die beste Freundin von Ilonas Adoptivmutter Annette Bergmann gewesen. Nach deren Tod fungierte Charlotte deshalb bei Bedarf, niemals jedoch unaufgefordert, als Ilonas sehr geschätzte Ratgeberin.

Da Charlotte überdies äußerst verschwiegen war, hatte Ilona ihr anvertraut, daß sie Wien noch aus einem anderen Grund für eine Weile verlassen wollte: Ilona wollte sich über ihre Gefühle für Kriminalmajor Klaus Mertens klar werden. Dieser bemühte sich seit fast drei Jahren auf eine stille, unaufdringliche Art um sie. Mertens hatte sogar drei Gedichte Ilonas vertont, sehr nach ihrem Geschmack. Und nach dem Geschmack einer jungen Schauspielerin, die diese drei Lieder voriges Jahr auf einer Chanson-CD mitverwendete.

Bisher hatte Ilona mit Männern immer Pech gehabt. Ihre letzte große Enttäuschung lag zwar schon drei Jahre zurück, aber sie wollte kein Risiko mehr eingehen. Und da ihre Sympathie für Mertens in letzter Zeit beträchtlich gestiegen war, kam die Reise nach Paris auch einer kleinen Flucht vor ihm gleich.

Ilona wohnte in Paris bei ihrer Schulfreundin Maria, die hier seit fünf Jahren mit Pierre Varginaire verheiratet war. Für ihre beiden Kinder engagierte Maria am liebsten Au-pair-Mädchen aus Wien. Als das vorige Mädchen plötzlich nach Hause mußte, hatte Maria Varginaire großes Glück: Drei Tage danach, vorgestern genau, schickte ihre Personal-Agentur die Wiener Studentin Karina Kersten als Ersatz.

Tagsüber und auch abends viel in der Stadt unterwegs, bekam Ilona das Ehepaar Varginaire samt Kindern und Betreuerin Karina allerdings kaum zu Gesicht.

Ilona ließ sich täglich ihre Zeitung aus Wien nachschicken. So hatte Ilona gestern, am Dienstag, die Montag-Ausgabe erhalten, die den Bericht über das Mord-Rätsel in Wien brachte: Ein Unbekannter wurde erschossen aufgefunden in der Wohnung eines F. K., der beteuert, zur Tatzeit im Ausland gewesen zu sein und den Ermordeten weder gekannt noch getötet zu haben.

Tags darauf war über den mysteriösen Mord in Wien nur zu lesen:

Geklärt werden muß vor allem, wie das Opfer und der Täter in die Wohnung von F. K. gelangten, bzw. ob F. K. nicht vielleicht schon zur Mordzeit heimlich in Wien gewesen ist.

Ilona nahm sich vor, Klaus Mertens nach ihrer Rückkehr zu fragen, ob er mit diesem Mordfall zu tun habe.

Am Samstagabend veranstalteten Pierre und Maria Varginaire ein kleines Abschiedsfest für Ilona, an dem auch

Karina Kersten teilnahm. Ilona fiel auf, daß Karina außergewöhnlich blaß war.

Als Karina hörte, daß Ilona übermorgen nach Wien fliegen werde, bat sie dringend um ein Gespräch unter vier Augen. Während die anderen sich im Eßzimmer am Büffet bedienten, gingen die beiden auf die Terrasse.

Dort begann Karina von dem Mord in Wien zu sprechen. Sie konnte darüber aber nicht mehr berichten als das, was Ilona schon aus der Zeitung wußte. Mit einer Ausnahme: Nämlich, daß »F. K.« Karinas Vater sei, Friedrich Kersten. Dieser habe es ihr streng verboten, nach Wien zu kommen, Briefe mit der Post zu schicken oder zu telefonieren, solange die Ermittlungen der Polizei nicht abgeschlossen wären:

Karina habe nämlich am Nachmittag vor dem Mord ihren Vater in London angerufen und gezielt vorgetäuscht, zu Hause zu sein. Dieser Täuschung wegen glaube ihr Vater wahrscheinlich, sie, Karina, sei die Täterin. Nun wünsche sie dringend, ihre Unschuld beteuern zu können – wäre Ilona bereit, dem Vater einen Brief Karinas persönlich zu übergeben?

Karina sah so verzweifelt aus, daß Ilona es nicht fertigbrachte, nein zu sagen. Daher ließ sie sich Friedrich Kerstens Telefonnummer geben und übernahm einen Brief an ihn mit der Gußhausstraßen-Adresse.

Am Pfingstmontag-Nachmittag auf dem Heimflug nach Wien mußte Ilona immer wieder an die blasse, verstörte Karina Kersten denken.

In Wien angekommen, fuhr Ilona mit dem Taxi zur

Bergmann-Villa, die sie von ihrer Adoptivmutter geerbt hatte. Es war kurz nach 20 Uhr, als Ilona dort ankam.

Da kann ich noch Karinas Vater anrufen, dachte Ilona, und wählte die Nummer.

Ilona ließ es lange läuten, aber niemand meldete sich.

5.

Tags darauf, am Dienstag nach Pfingsten um acht, berichtete Kommissar Ogris anstelle von Rosenmayer, dem Redefaulen, aus dessen schriftlichen Erhebungsresultaten: In der Schlüsselfirma seien mehrere Schlosser mit der Erzeugung von Sicherheitsschlüsseln an Spezialmaschinen betraut. Einer davon, Josef Huber, sei hochverschuldet. Von einem Mittelsmann namens Wibiral bestochen, habe dieser Schlosser heimlich in der Firma einen Satz Schlüssel zu Kerstens Wohnung angefertigt. Die richterlichen Haftbefehle konnten noch am Samstag vor Pfingsten erwirkt werden. Die Verhaftung des Schlossers sei heute früh um sechs erfolgt. Nach dem Mittelsmann Wibiral werde gefahndet.

Mertens ordnete verdeckte Beobachtung des Hauses in der Gußhausstraße an, da Kersten jetzt nicht dort wohnte, das halbe Haus leer stand und es einiges zu holen gab in Kerstens Wohnung; vielleicht lockte das den unbefugten Schlüsselbesitzer wieder hin.

Die Vernehmung des verhafteten Schlossers ergab: Josef Huber, 52, der in seiner Firma vierunddreißig Jahre lang zu aller Zufriedenheit gearbeitet hatte, habe plötzlich große Schulden machen müssen. Warum?

»Weg'n meiner Frau, nur weg'n meiner Frau!«

»Hat s' an Pelz woll'n, die Gnädige? Oda Brillanten?«, mischte sich Ogris ein.

»Aber nein, Herr Kommissar. Im Rollstuhl sitzt s'. Die Behandlung kost' so viel, und die Krankenkassa zahlt's net.«

»Physiotherapie?«, fragte Mertens.

»Ja, ich glaub'. Jedenfalls eine, die in einer Privatordination g'macht wird. Jeden Werktag, jede Woche, ein halbes Jahr lang. Und jed'smal muß ma an Tausender zahl'n!«

Wibiral habe für die Schlüssel fünfzigtausend geboten, was immerhin für zehn Wochen reichte. Da hätte Huber nicht widerstehen können.

»Wann hat Sie der Wibiral angesprochen wegen der Schlüssel?«

»Am zweiten Sonntag in Mai war 's, Muttertag is' g'wesen. Und g'holt hat er sich's a Woch'n später, wieder am Sonntag. Kann i jetzt zu meiner Frau heim, die braucht mich doch so sehr!«

»Gut«, sagte Mertens. »Aber man wird Sie natürlich trotzdem zur Verantwortung ziehen.«

Am selben Dienstag um neun rief Ilona bei Friedrich Kersten an – wieder vergeblich.

Anschließend fuhr Ilona in die Stadt. Dort hoffte sie, einen alten Stich zu finden, den sie ihrer mütterlichen Freundin Charlotte Suttenberg nächstes Jahr zum siebzigsten Geburtstag schenken könnte. Für diesen großen Anlaß wollte Ilona rechtzeitig vorgesorgt haben.

In drei Geschäften fand Ilona nichts, was ihr gut genug gefiel, wobei ihr auch keine Idee kam, was spezifisch für Charlotte passend wäre.

Ilona dachte: Vater Kersten habe ich nicht erreicht, für Tante Charlotte habe ich kein Geburtstagsgeschenk gefunden – das ist heute nicht mein Tag, ich fahr' nach Hause!

Da fiel ihr ein, daß Tante Charlotte vor sechs Wochen die *Urbanek-Antiquitäten* am Lueger-Ring entdeckt und als besondere Fundgrube empfohlen hatte. Mit gleichzeitiger Vorwarnung: Urbanek halte bei jedem Apropos belehrende Vorträge, bilde sich ein, etwas Besseres zu sein und keine Fehler zu machen.

»Zum Beispiel erzählt er immer wieder, daß er ein geborener Ästhet sei und ausschließlich schöne Dinge liebe – als gäb's niemanden sonst, der etwas Schönes mag.«

»Urbanek scheint nicht dein Fall zu sein, Tante Charlotte.«

»Stimmt. Er ist ein ganz blasierter Esel. Aber wenn man seine Art in Kauf nimmt, hat man eine gute Chance, bei Urbanek zu finden, was man sucht. Im übrigen kann er mir gestohlen bleiben. Junge Mädchen fliegen allerdings auf ihn, hab' ich gehört.«

Als Ilona dann bei Urbanek war, amüsierte sie sich innerlich über seine arrogante Art. Sie hielt es jedoch für möglich, daß Urbanek auf unreife Menschen faszinierend wirkte und ihnen den Eindruck umfassender Kompetenz vermitteln konnte. Da Urbanek überdies ein großer, gut aussehender Mann war, verstand Ilona, daß junge Mädchen auf ihn flogen.

Kaum hatte Ilona gesagt, sie suche einen schönen alten Stich, erzählte Urbanek wortreich und belehrend, daß man bei ihm nur erste Qualität bekäme. Ihm sei die Liebe zu schönen Dingen von klein auf anerzogen. Ob Ilona ein bestimmtes Sujet bei dem gesuchten Stich im Auge habe?

Ilona hatte sich während Urbaneks Redeschwall etwas im Geschäft umgesehen. Dabei sah sie durch ein Auslagenfenster die gegenüberliegende Universität. Das erinnerte Ilona daran, daß Charlotte Suttenberg Jus-Studentin gewesen ist. Natürlich lange bevor das *Juridicum* auf der Schottenbastei als Sitz der Rechtswissenschaftlichen Fakultät entstanden war. So würde sich Tante Charlotte bestimmt über einen Stich freuen, der das Universitätsgebäude am Ring zeigte, wo sie studiert hatte.

Allerdings konnte das im künstlerisch-technischen Sinn kein »alter« Stich sein, stammte dieses Gebäude doch aus der zweiten Hälfte des 19. Jahrhunderts. Worauf Urbanek auch sofort ein wenig naserümpfend hinwies. Weshalb er bezweifelte, so etwas überhaupt vorrätig zu haben, und wenn, dann nur im hinteren Lager, wo sich auch das einschlägige Verzeichnis befände. Ob Ilona ihm dorthin folgen wolle?

Ilona bejahte, und Urbanek vergewisserte sich, daß der vordere Teil des Geschäftes inzwischen von einem Angestellten entsprechend gehütet wurde.

Der Weg in das hintere Lager führte durchs Stiegenhaus. Dabei sah Ilona im Hausflur eine Tür mit der Firmenaufschrift *Ultimex*. Urbanek erklärte:

»Eine kleine Export-Importfirma von mir. Im Keller darunter lagere ich meine Weine. Exquisite französische Tropfen. Etwas anderes kommt für mich nicht in Frage.«

Ilona fand diese Angeberei unerträglich dumm. Gleich darauf aber war sie sehr froh darüber, ein passendes Geschenk für Charlotte bei Urbanek zu entdecken. Es war eine kolorierte Ansicht der Universität am Ring, aus der MANZ-Serie. Von dieser besaß Charlotte bereits zwei Stücke: das Burgtheater, und die beiden Museen, die das Maria-Theresien-Denkmal flankieren.

Es ist gut, dieses Geschäft zu kennen, dachte Ilona, gesellschaftlich verkehren mußte man mit Herrn Urbanek ja nicht.

Als Ilona das Geschäft verließ, stand Friedrich Kersten in der Nähe des Ausgangs. Ilona hatte ihn als besonders gut gekleidet registriert, aber nicht geahnt, daß dies Karinas Vater war.

Friedrich, der vormals stets positiv Gestimmte, wirkte vergrämt. Er war nicht darauf gefaßt gewesen, daß sein Leben eines Tages so aus den Fugen geraten könnte, wie es jetzt geschehen war. Seit Friedrich in seiner Wohnung Mrkvickas Leiche gefunden hatte, war er von latentem Mißtrauen erfüllt. Jeder Unbekannte, der ihm in die Nähe kam, männlich oder weiblich, konnte ein Ganoven- oder ein Polizeispitzel sein. Letzteres hielt Friedrich für möglich, weil er inzwischen wieder nach Karinas Aufenthalt befragt worden war und geleugnet hatte, den zu kennen.

In Wahrheit hatte Friedrich Karinas Adresse erfahren, als er sie nach Urbaneks Rat anwies, Wien fernzubleiben und ihn, Friedrich, vorläufig nicht zu kontaktieren. Seinen brennenden Wunsch, Karina in Paris zu besuchen, unterdrückte Friedrich, um die Polizei nicht auf Karinas Spur zu bringen.

So fragte Friedrich: »Wer war das?« und schob seine Brille hinauf an die Nasenwurzel.

»Das weiß ich nicht. Sie hat sich auf Charlotte Suttenberg berufen.«

»Ach so, dann ist es gut.«

Eine halbe Stunde später erschienen Mertens und Ogris in dem Geschäft, um mit Friedrich zu sprechen. Ein Angestellter führte sie ins Büro, und gleich darauf trat Friedrich ein. Mertens fragte, ob es denkbar sei, daß Friedrichs Tochter Karina heimlich Schlüsselkopien zu Friedrichs Wohnung anfertigen hatte lassen.

»Heimlich? Bestimmt nicht! Karina kann Schlüssel jederzeit ganz offiziell machen lassen, wir haben vor zwei Monaten beide als Erstbesteller unterschrieben.«

»Ist die Adresse Ihrer Tochter inzwischen bekannt?«

»N-n-ein. Ich weiß nur, daß sie in Paris ist, aber es gibt noch keinen festen Platz für sie.«

»In welchem Beruf?«

»Sie ist als Au-pair-Mädchen hingegangen. Das machen viele Studenten.«

»Was studiert sie?«

»Jus. Es gefällt ihr sehr. Drei von vier Fachprüfungen hat sie schon. Immer auf Anhieb bestanden. Jetzt fehlt nur noch Strafrecht von der 1. Diplomprüfung, nach dem neuen Studienplan.«

Man sah Friedrich an, wie stolz er auf Karina war und daß er sich genau informiert hatte über den Ausbildungsweg seiner Tochter.

Es klopfte an der Türe. Urbanek fragte, ob er den Herren Kaffee anbieten könne.

Mertens verneinte dankend und sagte: »Wir sind ohnedies fast fertig. Sie wohnen also jetzt bei Herrn Urbanek, Herr Kersten?«

»Nur vorübergehend. Ich melde mich hier gar nicht an.«

Dazu erklärte Urbanek: Friedrich Kersten fürchte, bei

gleichzeitiger Meldung in zwei Wiener Mietwohnungen gekündigt zu werden. Friedrichs Hausherr in der Gußhausstraße warte nur auf einen Grund dafür, denn je mehr leerstehende Wohnungen das Haus habe, desto besser könne er es verkaufen.

Friedrich ergänzte: »Dienstag und Freitag gehe ich hin, um frische Wäsche zu holen und meine Anzüge zu tauschen. Da bleibe ich immer zwei, drei Stunden und spiele auch ab und zu Klavier, damit man hört, daß ich da bin. Ich will meine Wohnung unbedingt behalten. Ich weiß ja nicht, wie lange Otto und ich … ich meine, wie lange Herr Urbanek mich … bei sich wohnen haben will.«

»Lassen Sie die Schlösser Ihrer Wohnung jetzt ändern, Herr Kersten?«

»Wozu?«

Urbanek sagte: »Du hast soviel Wertvolles dort, Schatz.«

»Ich glaube nicht, daß der Verbrecher noch einmal in meine Wohnung will. Und wenn doch, läßt er sich auch von neuen Schlüsseln illegale Kopien machen.«

»Das ist doch kein Standpunkt, Schatz!«

Ogris und Mertens standen auf und gingen an einem großen Schreibtisch vorbei zur Türe.

»Die Versicherung verlangt bestimmt wenigstens ein neues Schloß, Herr Kersten. Das wär's vorläufig. Und wenn Sie die Adresse Ihrer Tochter nicht bis übermorgen bekanntgeben können, lass' ich sie von Europol suchen. Ist das Ihre Tochter?« Mertens deutete auf ein Foto, das in silbernem Rahmen auf dem Schreibtisch stand.

»Ja.« Mertens registrierte, daß Friedrich Kersten diese Entdeckung unangenehm war.

Kaum waren Mertens und Ogris weg, sagte Friedrich: »Jetzt muß ich denen doch sagen, wo Karina wohnt. Ich will nicht, daß die mit Europol anfangen.«

»Bis morgen kannst du natürlich noch warten.«

»Mach' ich. Aber weißt du was? Es ist mir schrecklich, so zu tun, als ob ich ein Warmer wär! Ich kann das gar nicht!«

»Denk' dran: Du tust es für Karina!«

»Danke für den Rat. Das wird mir etwas helfen. Denn es stimmt ja leider: Für Karina tu ich alles!«

Der Wagen, mit dem Mertens und Ogris gekommen waren, stand ganz in der Nähe in der Seitenfahrbahn des Lueger-Rings. Auf dem Weg dorthin sagte Ogris:

»›Schatz‹ hat der Urbanek immer wieder zum Kersten g'sagt. Sind die schwul?«

»Vielleicht. Das ist doch ganz egal. Aber mit Kerstens Tochter stimmt etwas nicht.«

»Wieso glaubst du das?«

»Sie hat jede Prüfung sofort geschafft. Ihr macht das Studium Freude, sagt der Vater. Wieso unterbricht sie es im Mai, anstatt den Studienabschnitt im Juni mit Strafrecht abzuschließen?«

So ging Ogris in Mertens' Auftrag zum *Juridicum* auf der Schottenbastei. Er fuhr in den zweiten Stock, wo das Dekanat der Rechtswissenschaftlichen Fakultät lag. Im Sekretariat des Dekans arbeiteten zwei junge Schreibkräfte und eine gutaussehende Frau mittleren Alters. Letztere, Frau Erika Hoder, wies Ogris sehr freundlich weiter in das Zimmer mit der Kennzeichnung »Dekanatsdirektor«.

»Direktor« – jawohl, Maria Katsaros bestand auf der männlichen Form ihrer Amtsbezeichnung. Genauso, wie sich vor zehn Jahren der erste weibliche Dekan der Wiener Juristenfakultät partout nicht Dekanin nennen ließ, sondern meinte:

»Ich bin Dekan - und damit ›in‹ genug!«

Von Dekanatsdirektor Maria Katsaros also erfuhr Ogris nun offiziell, was Mertens vermutet hatte. Nämlich, daß Karina Kersten für die Prüfung aus Strafrecht im Juni angemeldet war und bis jetzt keine Abmeldung erfolgte. Allerdings käme es immer wieder vor, daß Kandidaten auch ohne Abmeldung ausblieben.

In dem Wiener Büro, das Au-pair-Stellen vermittelte, wurde Ogris anschließend mitgeteilt, daß dort Karina Kersten unter den Bewerberinnen für Frankreich nicht aufscheine. Man bestätigte überdies, daß Bewerbungen meist für den Herbst, zu Beginn eines Studienjahres, erfolgten und ein Zeitpunkt wie Mai höchst ungewöhnlich sei.

6.

Ilona kam gegen Mittag aus der Stadt nach Hause und rief sofort Charlotte Suttenberg an.

»Ich melde mich aus Paris zurück.«

»War's schön? Geht's dir gut, Ilona?«

»Danke, bestens. Und vielen Dank für die Einladung, Tante Charlotte, für Samstag abend. Da bin ich gerne dabei. Wer kommt denn noch?«

»Zugesagt haben bis jetzt: Professor Althoff ...«

»Der berühmte Kardiologe?«

»Ja. Ich gehöre zu seinen ersten Privatpatienten. Drum ist er mir als Hausarzt treu geblieben, trotz seiner Karriere an der Universität.«

»Das finde ich toll, Tante Charlotte!«

»Ich auch. Außerdem ein Neffe, den du noch nie bei mir getroffen hast, weil er so viel im Ausland ist. Friedrich Kersten heißt er.«

»Friedrich Kersten? Hat der eine Tochter in Paris?«

»Er hat eine Tochter. Ob sie in Paris ist, weiß ich nicht.«

»Weißt du, wo er wohnt?«

»Normalerweise in der Gußhausstraße. Aber jetzt ...«

»Wo kann ich ihn erreichen?«

»Bei Otto Urbanek, im Geschäft oder zu Hause. Urbanek wird am Samstag auch bei mir sein.«

»Ich hätte nie gedacht, Tante Charlotte, daß du einen Mann wie diesen Urbanek einlädst.«

»Ich auch nicht. Ich tu's Friedrich zuliebe. Der hat mir

vorgestern zwei Geständnisse gemacht. Erstens, daß er seit zwei Jahren Stiller Teilhaber der *Urbanek-Antiquitäten* ist. Zweitens, daß er den Urbanek jetzt als Lebensgefährten hat. Mir ist das vollkommen schleierhaft. Trotzdem muß ich diesen Urbanek in Kauf nehmen, das bin ich Friedrich einfach schuldig.«

»Ach so. Verzeih', daß ich überhaupt gefragt habe.«

»Das ist schon in Ordnung. Wen gibt's noch? Ach ja – Klaus Mertens hat sich bis jetzt nicht gerührt. Ich hoffe trotzdem, daß er kommt.«

»Vielen Dank, ich freu' mich auf Samstag, Tante Charlotte!«

Ilona legte auf und spürte, daß ihr vor dem Wiedersehen mit Klaus Mertens etwas schwummrig zumute war. Sie verscheuchte den Gedanken und überlegte, wie sie Karinas Vater am besten kontaktieren könnte.

Ergebnis: Ilona rief in Urbaneks Geschäft an und meldete sich als Frau Suttenberg. Sie verlangte, Friedrich Kersten zu sprechen. Ihm erklärte sie, Charlottes Namen benützt zu haben, damit er bestimmt zum Telefon käme. Worum es sich handle, wolle sie aber nur bei einem persönlichen Treffen sagen. Wann und wo das möglich wäre?

Friedrich hielt die Anruferin für eine der Damen, die schwarzes Geld in Antiquitäten anlegen wollten und deshalb ihren Namen verschwiegen. Das kam öfter vor. Ilona wußte aus dem Stegreif keinen neutralen, einleuchtenden Grund zu nennen, warum die Sache dringlich sei. So mußte sie sich damit zufrieden geben, Karinas Vater erst Freitag nachmittag zu treffen. Wofür Friedrich das Café *Landtmann* beim Burgtheater vorschlug, ganz in der Nähe des Urbanek-Antiquitäten-Geschäfts.

Am Nachmittag öffnete Major Mertens einige private Poststücke, die, wie das bei ihm oft der Fall war, schon über eine Woche unberührt auf seinem Schreibtisch lagen. Darunter befand sich die Einladung von Charlotte Suttenberg. Klaus Mertens schätzte Charlotte sehr, die ihn mit ihrer sensiblen und trotzdem nüchternen Sachlichkeit schon zweimal bei Aufklärung von Morden unterstützt hatte.

Mertens wählte die bei »U.A.W.G.« angegebene Nummer.

»Mertens. Vielen Dank für die Einladung. Ich komme gerne.«

»Das freut mich sehr, Herr Major. Ilona hat auch schon zugesagt.«

Ilona! Mertens hatte Ilona Bergmann vor drei Jahren bei einem Cocktail im Münchner Verlag kennengelernt und sich Hals über Kopf in sie verliebt. Am selben Abend war an dem Ort ihrer Begegnung ein Mord geschehen. Zwei Tage später gab's einen Mord in der Villa Bergmann. Im Zuge der Erhebungen erlebte Mertens quasi mit, wie Ilona von ihrem damaligen Geliebten verlassen wurde. Der immer noch in ihrem Herzen zu wohnen schien. Denn trotz der Melodien, die Mertens zu Gedichten von Ilona geschrieben hatte, war es ihm nicht gelungen, Ilona persönlich näherzukommen.

Leider wurde er den Wunsch danach nicht los. Und das begann den Kriminalmajor zu verdrießen. Denn er wollte sich nicht lächerlich machen. Deshalb nahm er sich vor, Ilona zu verschweigen, daß er inzwischen auch Ilonas Gedichte *Ratschläge* und *Ich wünsch mir nicht viel* vertont hatte.

7.

Mittwoch früh war Ilona wieder in die Stadt unterwegs. Sie sollte das Manuskript ihres Paris-Romans um zehn auf Diskette abliefern. Der Mangold Verlag, der das Buch herausbrachte, lag am Neuen Markt.

Als Ilona zum Verlagshaus kam, sah sie in etwa zwanzig Metern Entfernung eine junge Frau, die wie Karina aussah. Sie blickte der Passantin nach, wie sie den Platz eilig Richtung Plankengasse überquerte. Ihr etwas zuzurufen wäre wegen des Straßenlärms völlig sinnlos gewesen. Nachlaufen kam nicht in Frage, denn Ilona wollte sich im Verlag nicht verspäten. Unsinn, dachte Ilona, es muß sowieso eine Täuschung sein – immerhin hat Karina mir erst vorgestern früh den Brief an ihren Vater mitgegeben, der ganz ausdrücklich nicht will, daß Karina nach Wien kommt.

In Professor Manfred Althoffs Privatordination legte Martha Stockert, seine Ordinationsschwester, die vorgeordnete Post auf den Schreibtisch ihres Chefs. Wieder nichts von Egon dabei, dachte Martha, aber vielleicht erfahren wir heute nachmittag etwas. Mit Egon hatte es nämlich insgesamt folgende Bewandtnis:

Egon Althoff besaß eine stark ausgeprägte idealistische und karitative Ader. So nahm er sich seit langem Drogensüchtiger an. Aus Solidarität versetzte er sich selbst ab und zu mit Designerdrogen in einen Rauschzustand und schenkte manchem Bedürftigen von seinem Stoff. Vor fünf Jahren hatte Egon außerdem in Bratislava eine Firma gegründet, die Frauen nach Wien vermittelte, zu stundenweisen Krankenpflegediensten.

Grundsätzlich blieb Egon bei seinen Aktivitäten mit Vater Manfred in ständigem Kontakt. Abgesehen von Fällen, in denen das nicht möglich war. Und so schien es jetzt wieder zu sein: Seit vierzehn Tagen hatte Egon nun schon nichts mehr von sich hören lassen, und ebenso lange hatte Professor Althoff seinen Sohn telefonisch nicht erreichen können.

Nun hatte sich um 13 Uhr 30 ein Frank Bernstein in der Ordination angesagt, der sich diesen Termin unter Berufung auf Egon verschafft hatte.

Als Manfred kam, ging er gleich in sein Arbeitszimmer. Er zog einen weißen Mantel über und meldete sich bei Martha durch die Sprechanlage.

»Nachricht von Egon?«

»Leider nein, Herr Professor.«

»Aber um halb zwei kommt der Mann, der sich auf Egon berufen hat?«

»Ja, Herr Professor. Frank Bernstein heißt er. Und bitte, Herr Kersten möchte wissen, ob er eine Chance hat, Sie heute zu sprechen.«

Sofort rief Manfred seinen Freund Friedrich an. Er bat um Verständnis dafür, daß er sich nicht früher hatte melden können. Und verabredete sich mit Friedrich zum Abendessen, um acht, im *Zwillings-G'wölb*.

Frank Bernstein erschien pünktlich. Er wurde begleitet von einem Typen, der, nach seiner Größe zu schließen, wohl als Leibwächter engagiert war. Der Typ hatte einen Aktenkoffer mit, den er neben der Tür abstellte.

»Bitte nehmen Sie Platz, Herr Bernstein«, sagte Manfred in der Annahme, daß der Typ sowieso bei dem Koffer stehenbleiben wolle.

»Ich heiße natürlich weder Frank noch Bernstein.«

»Was soll diese Täuschung?«

»Langsam, langsam. Zuerst soll ich Ihnen Grüße sagen von Ihrem Sohn Egon, Herr Professor.«

»Wo ist er?«

»Bei uns in Verwahrung. Und vorläufig fühlt er sich ganz wohl.«

»Vorläufig?«

»Solange er nicht wieder herumschnüffelt. Sonst geht's ihm wie dem Mrkvicka.«

»Dem Mrkvicka? Der in einer fremden Wohnung erschossen wurde?«

»So ist es. Wissen Sie auch, warum?«

»Weil er den Mörder seiner Mutter gesucht hat?«

»Richtig.«

Kurzentschlossen sagte Manfred durch die Sprechanlage: »Martha, rufen Sie die Polizei!«

Mit einem Blick schickte Herr Bernstein, der nicht so hieß, den Typen an der Türe zu Martha hinaus und sagte in die Sprechanlage, in gütig-väterlichem Ton: »Lassen Sie das bleiben, liebe Martha! Halten Sie die Leitung frei, gute Martha.« Der falsche Bernstein sah auf seine Uhr. »In ein bis zwei Minuten kommt ein wichtiger Anruf, stellen Sie den sofort durch, beste Martha!«

Wieder Manfred zugewendet fuhr der Besucher fort: »Leider steht Ihr Sohn jetzt auf Heroin. In größeren Mengen. Ein Mitarbeiter von uns hat da irgend etwas verwechselt.«

»Verwechselt? Verbrecher!«, platzte Manfred heraus.

Der Besucher sprach in ausgesprochen fürsorglichem Ton weiter: »Eine Entziehungskur wäre jetzt das richtige für Ihren Egon. Aber sehen Sie, Herr Professor, wir lassen das nur zu, wenn Sie uns einen kleinen Gefallen tun.«

Das Telefon läutete. Manfred hob ab.

»Wer spricht?«

»Egon. Tu, was sie sagen, Vater, bitte!«

Knacks, die Verbindung war unterbrochen.

»Was verlangen Sie?«, fragte Manfred jetzt ganz verstört.

»In dem Koffer da gibt's drei schwarze Millionen. Die zahlen Sie auf Ihr Konto ein, heute noch. Mir geben Sie einen Scheck über die Summe. Damit ist das Geld weißgewaschen.«

»Wenn Sie den Scheck einlösen, werden Sie verhaftet!«

»Ich werde ihn nicht einlösen. Ich behalte ihn nur als Empfangsbestätigung, treuhänderisch gewissermaßen.«

»Wann lassen Sie Egon frei?«

»Sie stellen Verrechnungsschecks aus, auf Firmen im Ausland, die wir Ihnen nennen werden.«

»Wann?«

»Rechtzeitig.«

Der Typ draußen beauftragte Martha inzwischen, den nächsten Privatpatienten, falls der verfrüht käme, ins Wartezimmer zu führen, aber ohne sie oder ihn auf den Gedanken zu bringen, daß etwas nicht in Ordnung sei –

andernfalls ginge es Martha und Professor Althoff schlecht. Zur Bekräftigung dieser Drohung öffnete er sein Sakko und ließ Martha den Revolver sehen, der dort an einem Schulterriemen unter seiner rechten Achsel hing. Martha war jedoch schon vorher durch die Riesenpranken, die der Typ als Hände hatte, genügend eingeschüchtert, um alles zu machen, was der verlangte.

Der nächste Patient kam tatsächlich früher als bestellt. Martha führte den Befehl des Typen aus. Der fragte, wann wieder jemand erwartet wurde. Das war erst in einer Stunde der Fall.

Hierauf kam der Typ mit Martha in Manfreds Zimmer zurück. Martha wurde bedeutet, sich an den Schreibtisch zu setzen. Manfred stand unbeweglich daneben. Der Typ ging wieder zur Tür. Der falsche Herr Bernstein gab dem Typ ein Zeichen, worauf dieser den Aktenkoffer nahm, auf den Schreibtisch stellte und öffnete. Tausend-Schilling-Bündel waren zu sehen.

Der Typ kippte den Inhalt des Koffers aus.

»Es sind 30 mal hunderttausend. Zählen Sie die Bündel, Herr Professor.«

Widerwillig folgte Manfred diesem Befehl Pseudo-Bernsteins.

»Stimmt«, sagte er schließlich.

»Dann darf ich jetzt um den Scheck bitten. Mit Datum von heute.«

Manfred entnahm einer Schreibtischlade sein Scheckheft, stellte einen Scheck auf drei Millionen aus und reichte ihn Bernstein, dem Falschen.

»Wenn die Summe restlos überwiesen ist, bekommen

Sie Ihren Egon zurück. Und Ihren Scheck. Den brauchen Sie also nicht annullieren zu lassen.«

Manfred nickte wortlos.

»Apropos lassen: Lassen Sie die Polizei aus dem Spiel, sonst sehen Sie Ihren Sohn nicht lebendig wieder!«

Damit verschwanden die unliebsamen Besucher aus Manfreds Zimmer, Ordination und Wohnung. Manfred sah ihnen nach und bemerkte ein großes rotes Feuermal hinter dem rechten Ohr des selbsternannten Herrn Bernstein.

Martha stand erleichtert auf, allerdings mit zittrigen Knien.

»Was tun wir jetzt, Herr Professor?«

Manfred sah auf die Uhr. Es war zehn vor zwei.

»Ich brauche sofort einen Termin beim Direktor meiner Bank. Oder bei seinem Stellvertreter. Und verschieben Sie die Termine der nächsten Patienten entsprechend.«

Martha ging in ihr Zimmer, um Manfreds Aufträge auszuführen. Drei Minuten später meldete sie, daß der Bankdirektor Professor Althoffs Besuch mit Freude entgegensähe. Was Manfred von sich nicht behaupten konnte.

8.

In der Bank informierte Professor Manfred Althoff den Direktor über die Sachlage und zahlte die drei fremden schwarzen Millionen ein. Der Direktor veranlaßte, daß die zu erwartende Liquidierung der Verrechnungsschecks im Ausland jeweils sofort gemeldet würde – vielleicht hätten Euro- oder Interpol die Möglichkeit, die Empfängerfirmen unter die Lupe zu nehmen.

Als er in seine Wohnung zurückkam, um 15 Uhr 30, rief Manfred Kriminalmajor Mertens an. Diesen hatte er schon öfter bei Sonntags-Matineen der *Freunde der Wiener Staatsoper* getroffen, deren Mitglied beide waren. Beim letzten Mal tauschten sie ihre Visitenkarten aus, um einander besondere Opern-CDs zu leihen, und, im Bedarfsfall, zwecks wechselseitiger Hilfeleistung.

So erfuhr Mertens, was vorhin in Manfreds Ordination passiert war. Mertens fragte sofort nach Egons Beruf und Lebensumständen, weshalb Manfred von der Firma in Bratislava erzählte. Außerdem sagte er, daß – der Äußerung des angeblichen Frank Bernstein zufolge – eine Verbindung der Erpresser zum Mrkvicka-Fall bestehen dürfte.

»Dazu weiß ich übrigens, daß mein Sohn dem Mrkvicka helfen wollte, einen Verbrecher namens Felix Seidel zu finden. Das erzählte Egon, als ich ihn das letzte Mal sah.«

Schließlich gab Manfred eine Personenbeschreibung des falschen Bernstein: Der sei um die Sechzig und er habe ein großes, violettrotes Feuermal hinter dem rechten Ohr.

Mertens sprach sein Bedauern aus über die große Sorge, die Manfred nun um seinen Sohn hatte, bedankte sich aber auch dafür, von Manfred verständigt worden zu sein.

»Ich habe einen Kollegen bei der Kriminalpolizei in Bratislava, der uns vielleicht weiterhelfen kann. Inzwischen wünsche ich Ihnen alles Gute, Herr Professor. Und bitte, halten Sie mich auf dem laufenden.«

Mertens setzte sich sogleich mit dem Kollegen in Bratislava in Verbindung. Mit diesem hatte er bis Ende 1996 öfter zusammengearbeitet. Denn bis zu diesem Zeitpunkt war die Casinos Austria AG am Casino in Bratislava beteiligt gewesen. Und das hatte hin und wieder – je im eigenen Land – koordiniertes Vorgehen österreichischer und slowakischer Sicherheitskräfte gegen kriminelle Casinobesucher erfordert.

Da Mertens damals wiederholt Opernaufführungen in Bratislava besuchte, hatte er es nicht versäumt, die persönliche Bekanntschaft jenes Kollegen zu machen. Und auf Anhieb war so etwas wie berufliche Freundschaft entstanden.

So bat Mertens den Kollegen nun um vorläufig inoffizielle Auskunft darüber, ob und was man in Bratislava wußte

1. von Egon Althoffs Firma und Entführung,
2. von Zdenko Mrkvicka,
3. von einem Felix Seidel.

Um 15 Uhr 45 erstattete Ogris Bericht von der Beobachtung des Hauses in der Gußhausstraße, beziehungsweise von Kerstens Wohnung, seit sieben Uhr früh.

Von den Mitgliedern der Anwaltskanzlei – den Beobachtern durch die Vernehmung am Montag bekannt – kamen mit eigenem Schlüssel: die Empfangssekretärin, der Chef, die Chefsekretärin und der Briefträger. Eine Sekretärin, zwei Klienten und der Konzipient läuteten bei der Sprechanlage an. Es sei aufgefallen, daß man die Putzfrau in der Früh nicht kommen gesehen habe.

Das Haus verließen vormittags die beiden Klienten; mittags je für etwa eine Stunde der Chef Dr. Schuster, der Konzipient und eine Sekretärin.

Um 14 Uhr 15 läutete ein Mann bei der Kanzlei, der eingelassen wurde und bis jetzt noch nicht wieder herauskam.

»Jetzt kommt aber das wichtigste: Um halb drei is' a junger Mann 'kommen, der hat beim Kersten ang'läut' und wurde eing'lassen. Es muß also wer in dem Kersten seiner Wohnung g'wesen sein!«

»Donnerwetter!«

»Du sagst es! Der junge Mann is' um drei wieder weg'gangen. Um halb vier sind noch zwei Bursch'n zum Kersten 'kommen. Zwei große Riegeln, wie Leibwächter, verstehst'? Die sind bis jetzt noch dort. Das hat der Rosi grad' per Handy g'meld't. Soll'n wir einschreiten?«

»Nein. Aber lass' sie beschatten beim Weggehen. Und das Haus soll noch zwei Tage beobachtet werden, rund um die Uhr.«

»Is' guat.«

Das Telefon läutete. Friedrich Kersten gab die Adresse der Varginaires in Paris bekannt. Mertens veranlaßte, daß Karina Kersten dort im Rechtshilfeverfahren einvernommen werde. Ebenso die Varginaires: Die sollten sagen, seit wann, und ob Karina ohne Unterbrechung bei ihnen war und ist.

Um vier meldete Rosenmayer per Telefon aus der Gußhausstraße: »Bauer beschattet die Burschen.«

Kurz danach kam Rosis Meldung: »Mann von 14 Uhr 15. Geht Favoritenstraße. Einbiegt rechts. Kaffee *Apfelstrudel*. «

Fünf Minuten später hieß es: »Durch Zweitausgang weg! Scheiße!«

»Armer Rosi«, meinte Ogris, denn die Mithörtaste war eingeschaltet.

»Gibt's gar keinen Anhaltspunkt?«, wollte Mertens wissen.

Rosenmayer rang sich das Wort ab: »Feuermal«, und beendete das Gespräch.

»Weißt du, was mich wundert, Bertram?«

»Sag's, Klaus!«

»Daß professionelle Verbrecher einen Mann einsetzen mit einem so auffallenden äußeren Merkmal.«

»Da hast recht, des is' komisch.«

Abends, bei Friedrichs Treffen mit Manfred im *Zwillings-G'wölb*, hatte Manfreds Angst um Egons Leben natürlich Vorrang vor allem, was Friedrich bedrückte. So erzählte Friedrich weder, daß und warum Karina so plötzlich nach Frankreich geflogen war, noch warum Urbanek von Friedrich verlangte, Schwulsein vorzutäuschen. Diese Tatsache betonte Friedrich allerdings. Damit Manfred darauf vorbereitet wäre, wenn sie einander demnächst bei Charlotte Suttenberg begegneten. Friedrich hatte jedoch den Eindruck, daß Manfred gar nicht richtig mitbekam, was Friedrich zu ihm sagte.

»Morgen ist dein Geburtstag, Manfred. Kommst du zu uns? In Urbaneks Wohnung? Ich koche dein Lieblingsessen!«

»Vielen Dank, Friedrich. Du bist wirklich ein guter Freund. Aber es hängt natürlich davon ab, wie's mit Egon weitergeht …«

»Selbstverständlich! Wenn Egon morgen bei dir ist, dann bring' ihn mit. Wenn du aber lieber mit ihm allein sein willst, sag' einfach bei uns ab.«

9.

Am Donnerstag konnte Mertens' Team einen Erfolg verbuchen: Alfred Wibiral, der den Schlosser Josef Huber bestochen hatte, wurde um 3 Uhr früh in der Inneren Stadt beim Verlassen der Nobelbar *Eden* verhaftet.

Um acht wurde er zur Vernehmung vorgeführt. Alfred Wibiral war 35 und wirkte ausgesprochen arrogant, was Ogris ärgerte, während Mertens völlig darauf einging. Als Beruf gab Wibiral an, Auftragsvermittler zu sein.

»Wer hat Sie zu dem Schlosser Josef Huber geschickt?«

»Das weiß ich nicht. Ich kenne nicht einmal seinen Namen. Er wurde mir durch einen anonymen Anruf angekündigt. Ich würde ihn in der *Eden* treffen.«

»Wem haben Sie die Schlüssel übergeben?«

»Niemandem. Der anonyme Anrufer sagte bei einem zweiten Anruf, ich sollte die Schlüssel unter die Fußmatte vor meiner Wohnung legen. Am Tag vor Christi Himmelfahrt, um 18 Uhr. Da würde das Geld für den Huber liegen, und von dort würden die Schlüssel abgeholt. So war's dann auch.«

»Sie müssen schon sehr viel Dreck am Steck'n ha'm, daß Ihnen die Gangster so vertrau'n – ich mein', daß Sie net die Polizei hinb'stell'n. Aber das hätt'n S' tun soll'n, lieber Herr!«, ließ sich Ogris vernehmen.

»Hätt' ich geahnt, welches Verbrechen da geplant war …«

»Beschreiben Sie den Mann, der Sie in der *Eden* angesprochen hat.«

»Etwas größer als ich, also vielleicht einsfünfundsiebzig, viel älter als ich, so Ende fünfzig, eleganter dunkler Anzug, schwere Seidenkrawatte – dafür hab' ich einen Blick –, hinter dem rechten Ohr ein großes rotes Feuermal. Genügt das?«

»Vorläufig ja. Haben Sie den ermordeten Mrkvicka gekannt, Herr Wibiral? Der konnte sich zwar die *Eden* bestimmt nicht leisten ...«

»O doch! Dem hätt' ich einmal einen Auftrag vermitteln können. Der Mrkvicka wollte aber keine Bezahlung dafür, sondern eine Auskunft. Und weil ich ihm die nicht geben konnt', mußte ich jemand anderen nehmen. Also hatte er Geld genug.«

»Welche Auskunft wollte Mrkvicka haben?«

»Ob ich etwas über einen Felix Seidel weiß. Damit konnt' ich nicht dienen.«

»Haben Sie gar keine Ahnung, wer Ihr anonymer Anrufer gewesen sein könnte?«

»Nein.«

»Und der Mann in der *Eden*?«

»Auch nicht.«

»Dann denken Sie nach. Auch, ob Sie sonst noch etwas wissen, was mit der Sache Mrkvicka zu tun haben könnte.«

Mit diesem Auftrag ließ Mertens Wibiral in seine Zelle zurückbringen. Und er nahm sich vor, abends in der *Eden* vorbeizuschauen.

Um zehn erschienen Ogris und Rosenmayer in der Kanzlei Dr. Schuster. Dort sollten sie herausfinden, ob irgend jemand etwas über die Besucher von Kerstens Wohnung wußte.

Ogris begann die Befragung mit Empfangssekretärin Gitti Wächter. Ogris kannte Gitti, weil die ein halbes Jahr in Mertens' Büro gearbeitet hatte, bevor sie den viel besser bezahlten Job bei Dr. Schuster bekam. Gitti war 26, verheiratet und machte immer ein freundliches Gesicht. Durch ihren mächtigen Roßschwanz erinnerte sie stark an die australische Dirigentin Simone Young, von der Gitti viele Fotos an der Wand hängen hatte.

Mit Erlaubnis von Ogris setzte Gitti während der Befragung ihre Arbeit fort, die gerade im Sortieren der Post bestand.

»Kennen S' den Friedrich Kersten?«

»Sie meinen den vom 2. Stock, der die Leiche in seiner Wohnung gefunden hat? Nein, den kenn' ich nicht.«

»Wissen S', wer in Kerstens Wohnung geht?«

»Keine Ahnung! Ich steh' ja nicht im Stiegenhaus herum.«

»Wer hat gestern um 14 Uhr 15 ang'läut'?«

»Ein Mann. Der sagte, er sei von Herrn Kersten geschickt. Drum hab' ich ihn beim Haustor hereingelassen.«

»Und?«

»Er kam nicht. Ich meine, nicht zu uns in die Kanzlei.«

»Danke, das war's. Können wir jetzt den Chef sprechen?«

Weder der Chef, Dr. Amadeus Schuster, noch sein Konzipient, noch die Chefsekretärin und die zweite Sekretärin kannten Friedrich Kersten persönlich. Sie konnten auch nicht mit Auskünften über allfällige Besucher von Kerstens Wohnung dienen.

Zuletzt wurde die Putzfrau befragt. Diese war eine 50jährige Witwe, hieß Trnka, mit Vornamen Melitta, und wurde von allen »Melli« genannt. Melli kam Montag bis Freitag schon vor sieben Uhr früh und hatte jeweils bis 15 Uhr für Botengänge bereitzustehen, wenn nichts anderes zu tun war.

Über Friedrich Kersten sagte Melli: »Ja, den kenn ich. Der hat mich gefragt, net, ob ich einmal in der Woche zu ihm kommen könnte. Aber ich bin ja Montag bis Freitag hier in der Kanzlei, net. Und was in Herrn Kerstens Wohnung jetzt los ist, net, das weiß ich nicht.«

»Haben S' nie wen g'sehn 'raufgeh'n oder 'rauffahr'n, wenn S' mit dem Mist 'runtergangen sind oder so?«

»Nein, Herr Kommissar. Aber in letzter Zeit, wenn ich am Nachmittag hier zu tun hab', net, besonders, wenn ich Überstunden mach', dann kommt's mir so vor, net, als wär' jemand in der Wohnung oberhalb.«

»Wieso?«

»Man hört die Wasserspülung vom WC, net, oder daß einer am Flügel spielt im Musikzimmer, net, oder das TV ang'stellt is' im Schlafzimmer. Ob das der Kersten selbst is', net, weiß ich nicht. Denn früher war der nie in seiner Wohnung, net, ich mein' unter der Woche, tagsüber.«

»Jetzt kommt er Dienstag und Freitag. Haben Sie an andern Tagen auch etwas von oben gehört?«

»So genau hab' ich nicht drauf aufgepaßt, net. Aber ich glaube, gestern, am Mittwoch, net, da is' wer oben g'wesen.«

10.

Donnerstag nachmittag um halb zwei legte Mertens gerade die Bestätigung von Friedrich Kerstens lückenlosem Londoner Alibi aus der Hand, als Kommissar Bauer Bericht erstattete über die Beschattung der zwei Burschen, die gestern in Kerstens Wohnung gewesen waren.

»Die beiden sind offensichtlich kleine Dealer. Sie sind von der Gußhausstraße direkt zum Karlsplatz gegangen und haben dort sehr geschickt und vermeintlich unbemerkt ihren Stoff verkauft.«

»Wurden die Drogenfahnder verständigt?«

»Klar. Aber die war'n den beiden scho' auf der Spur. Sie wissen sogar, wie's heißen: Bruno Schmekal und Pepi Wieser, genannt der Dumme Pepi.«

»Keine Verhaftung?«

»Damit warten S' noch. Sie woll'n erst an Hintermann finden. Desweg'n muß auch die Gußhausstraße weiter beobachtet werd'n. Weil es scheint, daß sich die Bursch'n jetzt dort den Stoff hol'n, anstatt wie früher in der Keplergasse, in 10. Bezirk.«

An diesem Donnerstag wurde Manfred Althoff 55 Jahre alt. Und nachmittags, um 14 Uhr, wiederholte sich in seiner Ordination die gestrige Szene mit »Frank Bernstein«. Diesmal allerdings erschien ein »Kaspar Müller«, in anderer imposanter Begleitung, versteht sich. Kaspar Müller, der nicht so hieß, brachte ein von Manfreds Sohn Egon unterschriebenes Geburtstags-Glückwunschbillett, gab sich im übrigen aber weit weniger freundlich, als der falsche Frank Bernstein es getan hatte. Was Manfred als eine Spur weniger perfide empfand, weil es seine Situation treffender spiegelte.

Die Gangster verlangten erstens eine Visitenkarte Manfreds.

»Wofür?«

»Das werden Sie schon merken.«

Zweitens sollte Manfred ihre drei schwarzen Millionen von seinem Konto beheben. In Fünftausendschilling-Scheinen. Sollte sich herausstellen, daß die Banknoten gekennzeichnet, ihre Nummern notiert oder Sicherheitskräfte eingeschaltet wurden, sei das Egons sicheres Ende. Und man werde Manfred telefonisch verständigen, wann und wohin er das Geld bringen solle.

Sobald die beiden Männer gegangen waren, veranlaßte Manfred, daß ein Bote der Bank das verlangte Geld zu ihm in die Ordination brachte. Dann rief er Kriminalmajor Klaus Mertens an und berichtete alles.

Schließlich sagte Manfred sein Kommen zu dem Geburtstags-Abendessen ab, das Friedrich ihm heute bereiten wollte.

Fünf Stunden später meldete Manfred dem Kriminalmajor, daß ihn die Erpresser für heute nacht um zwei auf die Exelbergstraße bestellt hätten, am Westrand Wiens. Manfred sollte am Ende der ersten Spitzkurve, wo ein Reklameschild des Restaurants *Sophienalpe* steht, aus dem Wagen steigen, und das Geld – in einem Plastiksack – hangaufwärts hinter der dritten Baumreihe auf den Boden legen.

Ogris kam und hörte Mertens ins Telefon sagen:
»Tun Sie das, Herr Professor. Ich werde eine Stunde vorher mit einer getarnten Funkstreife dort warten.« Mertens legte auf.
»Was wird das?«, wollte Ogris wissen. Mertens erzählte, was er von Professor Althoffs Problemen wußte. Und da offenbar die Gefahr bestand, daß Althoffs Sohn ermordet würde, hatte Mertens keine Bedenken, auf diese Weise vorzugehen.
»Hast recht. Verhindern is' billiger als aufklär'n!«
Nun delegierte Mertens den für den Abend beabsichtigten Besuch in der *Eden*.
Aber Kommissar Bauers Recherche dort, kurz nach 22.00 Uhr, brachte keinen Erfolg. Als häufiger Gast war Wibiral allen Kellnern bekannt. An den Mann mit dem Feuermal jedoch erinnerte sich nur der eine, der Wibiral und jenen Mann damals bedient hatte. Und dieser Kellner war sicher, daß der Gesuchte an jenem Abend das erste Mal dort gewesen war und seither nicht wieder.

Kurz vor ein Uhr früh – Freitag inzwischen – war Mertens mit zwei Beamten der Funkstreife in einem nicht als Polizeiauto kenntlichen Wagen auf dem Exelberg. Sie fuhren eine Kurve weiter bergauf, als man Althoff aufgetragen hatte. Mit seinem Handy rief Mertens Professor Althoff an und meldete ihre Ankunft.

Manfred Althoff brach sofort nach Mertens Anruf auf, obwohl er dadurch früher als befohlen an Ort und Stelle sein würde. Er trug die Aktentasche ins Vorzimmer, in der sich ein Plastiksack mit sechs Banknotenbündeln à 500.000 Schilling befand, zog einen Mantel über, weil er ja am Ziel aussteigen mußte und es dort um zwei ziemlich kühl sein konnte.

Bevor er die Wohnungstür öffnete, holte er seinen Schlüsselbund aus der Hosentasche – eine alte Angewohnheit, um ja nicht ohne Schlüssel außer Haus zu gehen.

Manfred nahm davon den Schlüssel in die Hand, mit dem er absperren würde, und ging aus der Wohnung. Er drückte den Knopf der Stiegenhausbeleuchtung, dann ließ er die Wohnungstür zuschnappen und schon hatte er einen Faustschlag im Gesicht.

Manfred taumelte, hielt aber die Aktentasche eisern fest, die ihm ein maskierter Mann in leuchtend rotem Sakko entreißen wollte. Da schlug der erste, der auch maskiert war und in einem knallgelb-und-braun-kariertem Sakko steckte, wieder zu. Manfred verlor die Besinnung und ging zu Boden.

Die Räuber stiegen mit der Beute in den Fahrstuhl. Während der abwärts fuhr, nahmen sie ihre Strumpfmasken ab, steckten das Geld in einen Umhängsack und warfen die leere Aktentasche auf den Boden. Sie zogen ihre Sakkos aus, wendeten diese und zogen sie wieder an – das rote war jetzt dunkelblau, das andere aus braunem Fischgrät.

Im Erdgeschoß verließen die Räuber langsam Lift und Haus, sodaß ein allfälliger Zeuge sie für harmlose Besucher halten konnte.

Um 1 Uhr 45 bezogen Mertens und seine Kollegen am Exelberg drei getrennte Posten in dem schräg bergab führenden Waldstück. Niemand erschien, keine verdächtige Person, und auch Professor Althoff nicht – der Leser weiß, warum.

Um 2 Uhr 30 brach Mertens die Aktion ab. Das Team fuhr in die Stadt, zu Althoffs Wohnhaus. Mertens läutete den Hausmeister heraus. Mit dem Lift ging's in den zweiten Stock.

Dort lag Professor Manfred Althoff auf dem Boden und stöhnte. Er war vor kurzem wieder zu sich gekommen. Jetzt versuchte er aufzustehen, was alleine nicht gelang. Mertens und der Hausmeister halfen ihm.

»Schaffen Sie's bis hinunter, Herr Professor, dann führen wir Sie auf die Unfallstation. Oder soll ich die Rettung rufen?«

»Ich schaff's schon.«

Sie stiegen in den Lift.

Manfred deutete auf die Aktentasche, die auf dem Boden lag:

»Das ist meine. Darin war das Geld!«

Mertens hob die Tasche auf: »Die nehmen wir mit, vielleicht gibt's Fingerabdrücke.«

Dann betrachtete Mertens die Spuren der Faustschläge in Manfreds Gesicht – eine riesige Schwellung mit Bluterguß über dem rechten Backenknochen und die stark geschwollene rechte Seite der Oberlippe.

»Das war ein Linkshänder.«

»Vielleicht der Typ, der den falschen Bernstein begleitet hat«, meinte Manfred. »Der trug seinen Revolver rechts, sagt Martha. Und genauso groß wie jener war der heutige Schläger jedenfalls.«

Unten angelangt, ging Manfred, links und rechts eingehängt, auf wackeligen Beinen zum Wagen. Während der Fahrt ins Krankenhaus schilderte er, was ihm von dem Überfall in Erinnerung war, einschließlich der von ihm registrierten Kleidung der Ganoven.

Mertens ärgerte sich riesig: »So ein mieser, simpler Trick! Man bestellt den Erpreßten irgendwohin, weiß daher ungefähr, wann er mit dem Geld seine Wohnung verläßt, und alles andere ist ein Kinderspiel! Daß ich an diese Möglichkeit nicht gedacht hab', ist blamabel!«

»Wenigstens war's nicht mein Geld, das gestohlen wurde. Und hoffentlich lassen die meinen Sohn jetzt frei.«

11.

Es war 5 Uhr früh, als Mertens nach Hause kam. Er teilte Professor Althoffs Hoffnung auf baldige Freilassung seines Sohnes nur teilweise. Weil Mertens die Möglichkeit in Betracht zog, daß diesmal nicht Egon Althoffs Entführer am Werk waren, sondern eine andere Gruppe. Eine Gruppe, die davon Wind bekommen hatte, daß auf Professor Althoffs Konto drei schwarze Millionen geparkt worden sind.

Dafür sprach, daß jene Gangster, die das schwarze Geld brachten, daraus weißes Geld machen wollten. Dieses Ziel wurde durch den Raub der Moneten natürlich vereitelt.

Denkbar wäre allerdings auch, sagte sich Mertens, daß hier quasi ein Superhirn am Werk war, das spezielle Freude daran hatte, mit unlogischen Handlungen zu verwirren und mit Täuschungen zu arbeiten. Ein Über-Drüber-Gescheiter, der vielleicht nun versuchen würde, von dem Professor die scheinbar verlorenen drei Millionen zusätzlich zu erpressen.

Letzteres erschien Mertens jedoch so unwahrscheinlich, daß er diesen Gedanken wieder fallen ließ. Und sich selbst auf sein Bett, um wenigstens die nächsten beiden Stunden zu schlafen.

Pünktlich um acht saß Mertens im Büro. Er las die Protokolle aus der Gußhausstraße, die er auf seinem Schreibtisch vorgefunden hatte. Dabei notierte er, was ihm nicht klar war und ergänzungsbedürftig erschien. Dann rief er Ogris zu sich.

»Folgende Fragen sind offen:

1. Wieso weiß Frau Trnka (Melli), daß Kersten ein Musikzimmer hat und daß sein TV-Gerät im Schlafzimmer steht?

2. Wer ist der Mann, den Gitti um 12 Uhr 45 ins Haus ließ?

3. Wohin ist dieser Mann dort gegangen?«

»Zweitens und Drittens san harte Nüss'!«

Anschließend befragte Mertens den inhaftierten Wibiral neuerlich.

»Wissen Sie inzwischen, wer der Mann in der *Eden* war?«

»Nein, Herr Major.«

»Ist Ihnen etwas zu den Anrufen eingefallen?«

»Ja, Herr Major. Der zweite Anruf kam aus dem *Girardi*, ganz bestimmt!«

»Ein neues Lokal?«

»Richtig. Beim Naschmarkt, Linke Wienzeile, zweite Gasse rechts. Heißt wie das Lokal – Girardigasse eben.«

»Wieso glauben Sie, daß der Anruf von dort gekommen ist?«

»Weil der Diskjockey vom *Girardi* Balduin heißt. Und weil einer im Hintergrund so laut rief: ›*Der Balduin soll endlich anfangen!*‹, daß ich's durchs Telefon gehört hab'.«

»Gibt's sonst noch etwas zur Sache Mrkvicka?«

»Der Mrkvicka hat einmal erzählt, daß Frauen aus Bratislava in einer Villa in Hietzing Geld verdienen können. Und ein großer Boß verdient das Meiste. Aber es geht nicht um Prostitution.«

»Sondern?«

»Das wollte der Mrkvicka herausfinden.«

»Kennen Sie die Adresse?«

»Nein. Ich weiß überhaupt nichts Näheres. Aber wenn Sie ins *Girardi* wollen – das macht immer erst um zehn auf, am Abend, mein ich, wie die *Eden.*«

»Danke, Herr Wibiral, das war's hier bei uns. Sie werden noch heute dem Untersuchungsrichter überstellt.«

Mertens nahm sich vor, übermorgen ins *Girardi* zu gehen, nach seiner Opern-Abonnement-Vorstellung der *Walküre.* Ogris, der deshalb auch ins *Girardi* kommen sollte, stöhnte.

Ilona hatte an diesem Freitagvormittag wieder in ihrem Verlag zu tun. Es war zehn, als sie ihn verließ.

Da sah Ilona zum zweiten Mal die Karina so verblüffend Ähnliche. Ilona folgte dem Mädchen, das den Neuen Markt auf der West-Seite entlangging, dann in die Seilergasse und von dort in die schmale, winzige Göttweihergasse einbog. Sofort wurde Ilonas Erinnerung daran wach, daß sie hier in der Schulzeit ihre Freundin Maria, die jetzt in Paris lebte, oft besucht hatte.

Tatsächlich blieb die von Ilona Verfolgte bei dem einzigen Haustor stehen, das es in der Göttweihergasse gab, kramte in ihrer Handtasche und zog Schlüssel heraus. Ilona stand schon neben ihr und sprach sie an. Karina erschrak, erkannte Ilona, sperrte hastig auf und sagte: »Kommen Sie!«

Karina erzählte, sie wohne hier als Gast von Maria Varginaires Mutter. Karina führte Ilona in das geräumige und hübsch eingerichtete Zimmer, das früher Marias Zimmer gewesen war und das nun Karina benützen durfte.

Ilona war bestürzt darüber, wie blaß und wie verängstigt Karina aussah, wesentlich schlimmer als in Paris. So sagte Ilona als erstes, warum sie Karinas Brief noch nicht übergeben konnte, daß dies aber heute Nachmittag im Café *Landtmann* geschehen sollte.

»Oder sprichst du jetzt selbst mit deinem Vater?«

»O nein! Vater darf nicht wissen, daß ich hier bin. Das macht ihm nur Angst, wegen der Polizei. Außerdem würde er wissen wollen, warum ich an dem Mordabend so getan hab', als wär' ich in der Gußhausstraße. Und das kann ich ihm keinesfalls sagen ...«

Karina brach in Schluchzen aus. Ilona saß ratlos neben ihr. Sie hat also kein Alibi, dachte sie. Das heißt, sie hat eins, will es aber verschweigen.

Ilona nahm sich vor, Mertens doch nicht zu fragen, ob er mit dem Mrkvicka-Fall betraut war – sie wollte in kein Gewissensdilemma geraten durch die höchst zufällige Bekanntschaft mit Karina. Von der sie so gut wie gar nichts Näheres wußte. Weshalb Ilona auch nicht wagte, nach dem Grund von Karinas Verzweiflung zu fragen. So wartete sie, bis Karina sich etwas beruhigt hatte.

»Warum bist du nach Wien gekommen?«

Karina brach neuerlich in Tränen aus. »Ich hab' solche Sehnsucht gehabt nach ihm. Und ich dachte, er freut sich, wenn ich komm, trotz Vaters Verbot! Aber er hat überhaupt keine Zeit für mich! Erst Ende nächster Woche, und da muß ich nach Paris zurück. Zu den Kindern. Zu den – Kin - Kin - dern ...«

Karina weinte jetzt so heftig, daß sie nicht weitersprechen konnte. Aber vielleicht will sie das gar nicht, dachte

Ilona. Und vielleicht ist es auch besser, wenn sie's nicht tut. Ich kann ihr ja sowieso nicht helfen, wahrscheinlich.

»Kann ich irgend etwas für dich tun?«

Karina schüttelte den Kopf und weinte unaufhörlich weiter. Sie lehnte sich an Ilona, die ihren Arm um sie legte und Karina ein bißchen hin und her wiegte, wie ein kleines Kind. Nach einer Weile sagte Karina:

»Doch, Sie können etwas für mich tun. Zuhören. Ich sag' Ihnen natürlich nicht, wer der Mann ist, den ich liebe. Aber ich muß das andere einmal loswerden – nein, loswerden kann ich das wohl nie, aber einmal aussprechen. Also: Ich habe mein Kind abgetrieben! Aber nur, weil er es unbedingt wollte! Und jetzt mag er mich plötzlich nicht mehr ...« Karinas Schmerz brach aufs neue aus.

Ilona wartete wieder geduldig. Schließlich meinte sie: »Wenn du der Polizei dein Alibi nennst, braucht das doch dein Vater nicht zu erfahren.«

»Aber ich war im vierten Monat! Das ist strafbar ...«

Martha Stockert erschrak nicht wenig, als ihr Herr Professor mittags in der Ordination erschien. Wo er die Schläge abbekommen hatte, war er noch immer geschwollen, und der Bluterguß auf der Wange hatte violette Farbe angenommen.

Manfred schilderte, was geschehen war, und schloß:

»Jetzt muß ich auf den Anruf der Entführer warten.«

»Hoffentlich kommt der, solange ich da bin. Wenn nicht, sollten Sie beim Warten unbedingt andere Gesellschaft haben, Herr Professor. Vielleicht von Friedrich Kersten?«

»Nein, Martha. Friedrich hat jetzt eigene Sorgen. Ich hab' zwar neulich nicht genau zugehört, was er sagte, aber es hat irgendetwas mit seinem schwulen Freund zu tun. Bitte telefonieren Sie heute immer so kurz wie möglich, damit die Leitung frei bleibt.«

»Haben die Gangster Ihre Handynummer nicht?«

»Doch, natürlich, Sie haben recht, Martha. Die steht ja auf meiner Visitenkarte.«

Martha wußte, daß Friedrich Manfreds bester Freund war. Deshalb rief sie Friedrich auf eigene Faust an und erzählte alles, was sie von dem Überfall auf ihren Professor wußte. Dann fragte sie, ob Friedrich heute abend zu ihm käme, damit der Professor nicht stundenlang allein beim Telefon säße.

»Selbstverständlich gerne«, sagte Friedrich. »Aber kann ich meinen Freund Otto Urbanek mitbringen? Den lass' ich nur ungern zu Haus. Und er sagt soeben, daß er den Herrn Professor unbedingt kennenlernen möchte.«

»Da muß ich erst fragen, Herr Kersten. Einen Augenblick, bitte.«

Wie Martha richtig vermutet hatte, ließ Manfred danken, aber er wolle an diesem Abend lieber allein bleiben, als neue Bekanntschaften zu machen.

12.

Charlotte Suttenberg wohnte am Opernring. Ihre Samstagabendgäste waren ausnahmslos pünktlich und erschienen deshalb fast alle zugleich.

Friedrich und Ilona ließen sich nicht anmerken, daß sie einander bereits kannten. Das hatten sie vorsichtshalber bei ihrem Treffen im Café *Landtmann* vereinbart.

»Neulich wollten Sie mich nicht kennenlernen, Herr Professor. Jetzt geschieht es doch. Ich bin Otto Urbanek, VIS-Absolvent und Friedrichs Lebensgefährte. Guten Abend. Wie geht's?«

»Beschissen – Verzeihung, die Damen. Ich bin auch heute nicht sehr disponiert, meinen Bekanntenkreis zu erweitern. Aber natürlich: Servus du!«

Damit war Manfreds Konversation mit Urbanek – und für den Großteil des Abends – beendet. Manfred hatte nach dem Erlebnis mit den Räubern sein Erscheinen bei diesem Abendessen überhaupt absagen wollen. Charlotte ließ das nicht zu, sondern überredete ihn, zu kommen. Damit er beim Warten bis zum Anruf der Entführer wenigstens Gesellschaft und etwas Ablenkung hätte.

Letzteres gelang jedoch keineswegs – Manfred saß schweigend in der Runde. Dabei vergewisserte er sich immer wieder, daß sein Handy angestellt war. Auf dieses würde auch jeder Anruf umgeleitet werden, der bei dem Anrufbeantworter seiner privaten Festnetznummer einlangte. Von der Ordinationsnummer hingegen wurden die Patienten an die Klinik weiterverbunden.

Nicht einmal Friedrich gelang es, den Freund zur Äußerung zu einem der diskutierten Themen zu bewegen. Woran Manfreds kaum verhüllte Antipathie gegen Otto Urbanek mit schuld war, der Friedrich nicht aus den Augen ließ und sich an jedem Gespräch beteiligte, das Friedrich führte.

Inzwischen sprach man von psychologischen Methoden der Verbrechensaufklärung.

»Manchmal hilft es, einen Fall zu lösen, wenn man weiß, welche Art Humor der Täter hat oder liebt.«

»Wirklich, Herr Major? Welche Art Humor sehen Sie denn im Fall Mrkvicka?« Friedrich schob seine Brille hoch. »Ich meine – einen Mord in meiner Wohnung zu begehen und die Leiche dort einzusperren, ist das witzig?«

»Überhaupt nicht. Ich sehe darin auch keine Spur von Humor. Bloß eine perverse Abart davon: blanken Zynismus.«

»Aber originell ist es schon, nicht wahr, Friedrich, mein Schatz?«

»Darauf hätte ich gut verzichten können, Otto!«

Charlotte klopfte an ihr Glas.

»Meine Lieben! Als ich die Einladungen für heute abend verschickte, waren weder der Mord noch die Entführung geschehen, die uns heute so beunruhigen. So möchte ich den Betroffenen inniges Mitgefühl ausdrücken.«

Die übrigen Nicht-Betroffenen schlossen sich an.

»Aber jetzt zum ursprünglichen Grund dieses Abendessens: Heute wäre mein 30. Hochzeitstag. Damit ist – und das wollte ich feiern – meine herzliche Tanten-Freundschaft zu Friedrich 30 Jahre alt. Denn Friedrich ist nicht nur der Neffe meines Mannes Alfons, er ist auch sein Trauzeuge gewesen. Seither kennen und lieben wir einander.«

»Dafür habe vor allem ich zu danken, Tante Charlotte.«

»Nein, Friedrich. Ich bin sehr in deiner Schuld. Alfons ist nun schon zehn Jahre tot. Obwohl du so viel im Ausland warst, bist du mir seither immer mit Rat und Tat zur Seite gestanden, wenn ich darum gebeten habe. Natürlich besonders dann, wenn es um Antiquitäten ging. Und ich danke Herrn Urbanek herzlich dafür, daß er Friedrichs hohe Qualitätsansprüche wahrt.«

Mit dem letzten Satz wollte Charlotte Friedrich eine Freude machen und ihm zeigen, daß sie keinerlei Anstoß an seinem Wechsel zum »anderen Ufer« nahm. Friedrich umarmte Charlotte. Urbanek verneigte sich leicht, und prompt rutschte seine lockere Haarsträhne nach vorn.

»Mein Schatz Friedrich weiß es: Ich bin ein Ästhet. Und Qualitätsansprüche sind mir von Kindheit anerzogen. Drum mache ich besonders in diesem Zusammenhang keine Fehler, nicht wahr, Friedrich, mein Schatz? ...«

Friedrich wußte, daß Urbanek vor allem wegen Mertens so häufig »Schatz« sagte. Ilona und Charlotte tauschten belustigte Blicke über Urbaneks sonstige Worte. Urbanek schien jedoch zu sehr von sich überzeugt zu sein, um das zu bemerken, und hatte längst weitergesprochen.

»... Aber es wird immer schwieriger, diese Ansprüche zu erfüllen. Ich zum Beispiel suche für mich persönlich seit Jahren eine Aubusson-Sitzgarnitur – Sie wissen: Überzogen mit gewirktem Dekorstoff aus dem 17. Jahrhundert, hergestellt in Aubusson, Frankreich. Aber bis jetzt ist es weder mir noch meinem Schatz Friedrich gelungen, so etwas aufzutreiben.«

»Also, mir könnte man bieten, was man will, ich würde die Aubusson-Sessel, die in meinem Haus in Perchtoldsdorf stehen, niemals hergeben, Herr Urbanek.«

»Sie besitzen Aubussons, Frau Suttenberg?« Urbanek war ganz aufgeregt.

»Ja. Vergessen Sie's. Und jetzt bitte zu Tisch.«

Es gab Spargel mit Bröseln in Butter als Vorspeise, dann eine exzellente Rindsuppe, danach Tafelspitz mit traditionellen Beilagen – Apfelkren, Schnittlauchsauce, Spinat und Erdäpfelschmarren. Dem Hauptgang folgte Käse, und den Abschluß bildete selbstgemachtes Grand-Marnier-Eis.

Servieren und Einschenken besorgte Charlottes Gratis-Untermieterin, die neunzehnjährige Studentin Anneliese Leitner. Diese hing mit großer Verehrung an Charlotte und hatte von sich aus angeboten, bei Bedarf derlei Abenddienste zu leisten.

Urbanek war gerade dabei, sich mit Spargel zu bedienen: »Spargel könnte ich täglich essen!« Und schräg über den Tisch wendete er sich an Friedrich: »Ach, bitte, Schatz – machst du gleich am Montag wieder welchen?«

»Haben Sie kochen gelernt, Herr Kersten?«

»Notgedrungen, Herr Major. Wenn man früh verwitwet ist, mit einer Tochter im Internat ...«

»Ich bewundere jeden, der mehr als Tee und Eier machen kann. Bei mir gibt's im übrigen nur Pizza und sonstige Fertiggerichte.«

Anneliese, die ihre Tätigkeiten schweigend verrichtete und sich in keiner Weise als den Gästen zugehörig fühlte oder benahm, flüsterte Charlotte etwas zu. Charlotte reagierte sofort:

»Friedrich, Anneliese möchte wissen, warum deine Tochter nicht mehr ins Juridicum kommt.«

»Karina ist in Paris. Es gab dafür eine günstige Gelegenheit.«

»Ich fürchtete schon, sie sei krank. Ich lass' sie herzlich grüßen, Herr Kersten. Anneliese ist mein Name.«

»Ich werd's ausrichten, sobald ich sie wieder erreiche. Seit Mittwoch früh ist mir das nicht gelungen.«

Kein Wunder, dachte Ilona. Urbanek aber dachte: Das hast du gut gemacht, Friedrich, so wird der Kriminalmajor nicht nach Karina fragen.

Und dann erzählte Urbanek, gezielt an Mertens gerichtet, von der Seereise, die Urbanek im Frühjahr auf der neuen MS Europa gemacht hat. Wobei er sofort betonte, daß sich selbstverständlich nur sehr zahlungskräftige Passagiere so etwas leisten könnten.

Dies hörte Charlotte: »Manchmal spiele ich mit dem Gedanken, eine Weltreise auf einem Fünf-Sterne-Schiff zu machen. Haben Sie eine Ahnung, was das kostet, Herr Urbanek?«

»Mindestens sechshunderttausend Schilling pro Person. Vor ein paar Tagen kam der neue Prospekt ...«

»Das ist aber doch wahnsinnig teuer! Soviel Geld hätte ich niemals übrig.«

»Sie müßten mir nur Ihre Aubussons verkaufen, gnädige Frau. Überlegen Sie sich's. Die nächste Weltreise mit diesem Schiff startet erst Mitte Dezember.«

»Vielleicht werde ich darüber nachdenken, aber ich glaube kaum, daß 'was draus wird.«

Urbanek wendete sich wieder Mertens zu und den Eindrücken, die er von seiner Schiffsreise hatte. Daß nämlich heutzutage viele Leute mit Geld gar nicht wüßten, wie man sich auf einem Schiff benimmt, und einen Fehler nach dem anderen machten.

»Also wissen Sie, Herr Major, ich mache ja sowieso niemals Fehler. Aber speziell so primitive Verstöße gegen jedes *comme-il-faut*, die könnten mir nie passieren. Solche Menschen sollten eigentlich lieber zu Hause bleiben.«

Mertens behielt seine gegenteilige Meinung bei sich, weil er es für sinnlos hielt, mit einem überheblichen Menschen zu diskutieren. Denn ein solcher war gewöhnlich dumm, und da war es schade um jedes Wort. Allerdings – hatte Urbanek nicht vorhin gesagt, daß er VIS-Absolvent sei?

»Haben Sie etwas komponiert, Klaus, als ich in Paris war?«

Ilonas Frage kam so unvermutet und freute Mertens so, daß er seinen Vorsatz, dies zu verschweigen, vergaß.

»Ja. Ihre *Ratschläge* und Ihr *Ich wünsch' mir nicht viel* gibt's jetzt in Noten. Soll ich Ihnen die schicken, Ilona?«

»Dazu bin ich viel zu neugierig, Klaus! Begleiten Sie mich nach Hause und spielen Sie mir die Lieder vor. Wenn es hier nicht zu spät wird, meine ich. Geht das?«

»Selbstverständlich, gerne.«

13.

Nach Tisch ging man ins Wohnzimmer zurück. Manfred Althoff hatte noch kaum ein Wort gesprochen und sah immer wieder verzweifelt nach seinem Handy, das stumm blieb. Während die anderen dies schweigend bemerkten, sagte Urbanek plötzlich:

»Sie haben wenigstens noch Hoffnung, Herr Professor. Ich hingegen ...«

Alle sahen Urbanek verwundert an.

»Meine Mutter zog vor fünf Jahren in ihre Heimatstadt Dresden. Sie mietete ein Apartment in einem luxuriösen Altersheim mit Hotelkomfort, Restaurant, hauseigener Bank samt Reisebüro.«

»So etwas gibt es in Dresden jetzt?«

»Ja, Frau Suttenberg. Das Heim war Anfang der Neunzigerjahre von geschäftstüchtigen Investoren mit reicher Klientel erbaut worden, die alten Angehörigen oder sich selbst einen angenehmen Lebensabend in der berühmten Kulturstadt gönnen wollten.«

»Verzeihen Sie, daß ich dazwischen fragte. Wie ging's weiter?«

»Die Eigentümerfirma vertrat ein gewisser Felix Seidel. Der redete den Mietern eine Weltreise ein, die ein Jahr dauern sollte und im Osten anfing. Bald nach Beginn der Reise wurden die Teilnehmer irgendwo in Polen oder in Rußland überfallen, ermordet und verscharrt.«

»Wie entsetzlich!«

»Ja, Frau Bergmann. Was sie bei sich hatten, Geld, Kreditkarten, Schmuck und Kleidung, fiel den Mördern in die Hände, während in Dresden die Hotelsafes und die hauseigenen Bankkonten der Opfer von Felix Seidel ausgeräumt wurden. Die enormen Beträge, die für die vorgetäuschte Weltreise bezahlt worden waren, hatte er schon vorher eingesteckt. Als die Sache aufflog, war das Gebäude samt Liegenschaft verkauft und die betrügerische Firma aufgelöst.«

Ilona fand es im stillen grob ungehörig, so etwas vor einem Mann zu erzählen, der um das Leben seines Sohnes bangte. Mertens erinnerte sich daran, was Rosenmayer von Mrkvickas Mutter erzählt hatte. Trotzdem schwieg er, weil er grundsätzlich in Gesellschaft sein berufliches Wissen nicht erwähnte. Die praktische Charlotte aber fragte sofort:

»Haben Sie nicht schon früher Verdacht geschöpft, Herr Urbanek? Zum Beispiel, weil Sie keine Post von Ihrer Mutter bekamen?«

»Nein. Von den projektierten Stationen der Weltreise waren immer Ansichtskarten gekommen, mit vielen Unterschriften, die das Wohlbefinden der Teilnehmer vortäuschten. Jedenfalls, Felix Seidel ist mit falschem Namen untergetaucht, angeblich im Schwulenmilieu. Es gibt keine brauchbare Personenbeschreibung von ihm, und bestimmt war schon der Name Felix Seidel falsch. Diesen Verbrecher aufzuspüren ist mein sehnlichster Wunsch«.

»Diesen Wunsch, Otto, hatte auch der Mrkvicka, der in Friedrichs Wohnung ermordet wurde! Mein Sohn sagte, der Mann sei davon ganz besessen gewesen!«

»Dann weißt du ja so ungefähr, wie mir zumute ist, Manfred.«

Charlotte meinte, Untertauchen im Schwulenmilieu mache wenig Sinn. Mertens gab ihr recht – viel wahrscheinlicher sei es, daß ein Mann wie dieser Seidel der blühenden Drogen- und Mafia-Szene angehöre, die aus dem osteuropäischen Raum komme und deren Aktionsradius ständig anwachse.

»Das Gefühl habe ich auch! Warum rufen mich diese Schweine nicht an?«, brach es aus Manfred hervor, der nun sein Handy schüttelte, als könne das helfen.

Anneliese kam und servierte Kaffee. Danach fand, ziemlich bedrückt, der allgemeine Aufbruch statt.

Friedrich bot an, Manfred zu begleiten und bei ihm zu bleiben, bis er von den Entführern Nachricht bekäme. Urbanek lobte das als die beste Idee, und er werde den beiden selbstverständlich Gesellschaft leisten.

Worauf Manfred ganz energisch erklärte, lieber allein bleiben zu wollen.

Niemand war über das frühe Ende der Party so froh wie Klaus Mertens – nun konnte er Ilona noch seine neuen Kompositionen vorführen.

So saß Mertens nun in der Villa Bergmann am Bösendorfer Flügel, wie einmal schon, vor fast genau einem Jahr. Während er seine Neuschöpfungen spielte, sprach Ilona die Texte.

Zunächst *Ratschläge:*

Nächstenliebe ist veraltet,
Egoist sein ist heut' Pflicht!
Rücksichtslos fährt man am besten,
Skrupel, Fairneß zählen nicht.
Bist du taktvoll und bescheiden,
mag dich zwar ein jeder leiden,
aber du kommst nicht voran
und bist selber schuld daran!
Gilt's Rivalen zu besiegen,
mußt du's machen, so wie sie –
lern' verleumden, spotten, lügen,
anders reussierst du nie.
Wenn du pfeifst auf die Moral,
geht's dir besser, allemal.
Oder etwa nicht?

Es war eine Melodie im Marschrhythmus, die Mertens zu diesem Text eingefallen war. Da Mertens sich darauf konzentrieren mußte, keine Fehler beim Spielen zu machen, konnte er Ilona nur ab und zu kurz ansehen. Sie aber sah bloß in ihren Text und schenkte Klaus Mertens keinen Blick. Den Grund dafür – Ilonas Angst, sich an Mertens zu verlieren – konnte er natürlich nicht ahnen. Am Ende des Liedes erklärte sie immerhin, daß ihr die Komposition besonders gut gefalle.

Es folgte das Lied *Ich wünsch mir nicht viel* im Walzertakt:

Ich wünsch' mir nicht viel, o nein,
nur was jeder gern nennt sein:
Einen Mann lieb und schlank, stets treu,
etwas Geld auf der Bank, stets neu,
Arbeit, die um vier aus, verstehst,
ein Auto, ein Haus, wenn's geht,
Gesundheit und Glück, nicht knapp,
sonst geht mir fast gar nichts ab.
Außer: Reisen mit viel Komfort,
Sekretär, Butler und ein Vor-
koster nebst einem Bodyguard,
der vor Attentat bewahrt,
Pilot zum Privatstrand und
Platinspielzeug für den Hund,
eine winzige Riesenjacht,
an mehr hab' ich nicht gedacht.

Der Song hatte zwei weitere Strophen, und auch diese musikalische Umsetzung gefiel Ilona sehr.

Es gelang Ilona jedoch, was sie sich vorgenommen hatte: Nämlich, ihre Begeisterung ganz sachlich zu halten – auf die Songs beschränkt, ohne Ausdehnung auf die Person des Amateurkomponisten Klaus Mertens. Was diesen mit schmerzlicher Enttäuschung erfüllte.

Da läutete sein Handy.

»Althoff hier. Mein Sohn ist tot …«

14.

Klaus Mertens war sofort ins AKH gefahren, von wo Professor Manfred Althoff ihn angerufen hatte. Dort erfuhr Mertens teils von diesem, teils von dem diensthabenden Arzt der Unfallstation, was sich zugetragen hatte. Nämlich:

Schon am Mittwoch, als der falsche Frank Bernstein zu Manfred sagte: »... sonst sehen Sie Ihren Sohn nicht lebendig wieder!«, und erst recht einen Tag danach, als der Mann, der sich Kaspar Müller nannte, mit Egons sicherem Ende drohte, war Egons Tod längst besiegelt.

Umgebracht hatte man ihn mit einer Überdosis Heroin. Das hatten die Ärzte der Unfallstation festgestellt, vor deren Eingang der bewußtlose Egon am Samstag um 23 Uhr einfach abgeladen worden war. Mit einer Visitenkarte seines Vaters in der Tasche. Dieser wurde sofort verständigt. Aber schon kurz nach Manfreds Eintreffen war Egon tot.

Mertens brachte Manfred Althoff nach Hause, der sich die größten Vorwürfe machte, Egons Verschwinden diesmal nicht ernster genommen zu haben als die früheren Male. Wäre Egons schreckliches Ende zu verhindern gewesen, wenn Manfred eine Abgängigkeitsanzeige erstattet hätte? Auf die Gefahr hin, schlimmstenfalls bloß seinen Sohn zu verärgern?

Es gelang Mertens nicht, Manfred von der Sinnlosigkeit dieser Selbstanklagen zu überzeugen. Dazu mußte wohl erst einige Zeit vergehen. Wenigstens war Manfred schließlich bereit, ein Schlafmittel zu nehmen. Mertens blieb bei ihm, bis Manfred eingeschlafen war.

Ohne von den nächtlichen Vorfällen zu wissen, fragte Ogris an diesem Sonntag vormittag bei Mertens an, wie die Begegnung mit Ilona bei Charlotte Suttenbergs Abendessen verlaufen sei. Denn Ogris hatte die spontane Liebe seines Chefs zu Ilona Bergmann von Anfang an bemerkt und teilnehmend verfolgt. Deshalb wußte Ogris, daß Mertens Ilonas Zuneigung durch Vertonung ihrer Gedichte zu gewinnen hoffte.

Selbstverständlich berichtete Mertens zuerst von Egon Althoffs Tod. Und daß dessen Vater, der Professor, eine Sachverhaltsdarstellung an die Staatsanwaltschaft verfassen würde – über die beiden Erpressungen und den Geldraub, die an ihm begangen wurden. Was die Entführung seines Sohnes betraf, so war davon ja bis jetzt nicht mehr bekannt, als die Verbrecher in Althoffs Ordination erzählt hatten.

Ogris nahm all dies zur Kenntnis und drückte sein Bedauern für Manfred Althoff aus.

»Der tut mir leid, wirkli'. Leider wird ihm des net helfen. Sagst du mir jetzt trotzdem, wie des war, bei der Party?«

Nun erzählte Mertens, daß Ilona nach neuen Kompositionen gefragt habe und daß sie es gar nicht erwarten konnte, die zwei neuen Songs zu hören. Dann aber sprach Mertens von dem Flop, den er nach dem Vorspielen bei Ilona in emotionaler Hinsicht erlebte.

»Das wundert mi' gar net, Klaus.«

»Wieso, Bertram? Meine Musik gefällt ihr. Warum empfindet sie nicht für mich die entsprechende persönliche Sympathie, verdammt noch mal?«

»Sie hat's mit'n Wort, verstehst'? Versuch's mit Gedicht'n!«

Diesen Rat fand Mertens völlig absurd. Aber in den nächsten Stunden saß er ihm als Floh im Ohr. Denn einerseits war Mertens fest dazu entschlossen, seine völlig unregelmäßige, spärliche Freizeit nicht weiter dafür zu verschwenden, Texte von Ilona – persönlich ganz erfolglos – in Musik umzusetzen. Andererseits bemerkte er verblüfft, daß sich ihm eine weitere Melodie aufdrängte.

Mertens setzte sich an seinen Synthesizer und versuchte die richtigen Tasten für die Töne zu finden, die er im Kopf hatte. Das gelang ihm rasch. Sofort schrieb er die Noten auf – in C-Dur und im Viervierteltakt. Dieser sollte nach Mertens' Vorstellung ein schnelles Tempo haben.

Die Melodie begann mit einer ganzen Note (e). Nach einer halben Pause folgten zwei Viertelnoten gleicher Höhe, dann eine ganze Note im Halbtonschritt aufwärts (f) und schließlich eine ganze Pause.

Die zweiten vier Takte begannen mit dem vorigen Ton (f) als ganze Note, dann halbe Pause, die erste Viertelnote danach machte einen Halbtonschritt zurück (e), die zweite wiederholte den Ton der ganzen Note (f), die nächste ganze Note wurde im Ganztonschritt aufwärts erreicht (g) und von der zweiten ganzen Pause gefolgt.

Die folgenden vier Takte enthielten dann mehr Viertelnoten, und auch der Mittelteil war flüssig. Hierauf wurde der Anfang wiederholt und mit aufsteigender Änderung zum Schluß geführt.

Rasch war die Niederschrift fertig. Mertens ging in die Küche, um eine tiefgekühlte Pizza zuzubereiten. Während sie im Backrohr war, deckte er Teller und Besteck auf. Und dabei hörte er immer wieder Ogris sagen: »Versuch's mit Gedicht'n!« Schließlich zog Mertens ernsthaft in Erwägung, einen Text zu der Komposition zu verfassen.

Mit diesem Projekt im Kopf kam Mertens in die Oper. Sein Abonnement-Ecksitz, Balkon Mitte letzte Reihe, ermöglichte ihm, jede Vorstellung nötigenfalls rasch zu verlassen, ohne zu stören.

Mertens liebte Wagner, war aber bei der *Walküre* immer wieder von der Selbstverständlichkeit verblüfft, mit der Siegmund und die verheiratete Sieglinde im ersten Akt zum Brautpaar werden, obwohl sie wissen, daß sie Bruder und Schwester sind. Allerdings hätte Fricka im zweiten Akt ihrem Göttergemahl Wotan gegenüber wohl einen zu schwachen Stand, um Siegmunds Tod zu erzwingen, könnte sie nur mit dem Ehebruch argumentieren. Schließlich war Wotan selbst geradezu ein Ehezerbrösler.

Wie auch immer, Mertens nahm seinen Platz ein und harrte des bevorstehenden musikalischen Genusses. Das

Vorspiel begann mit der orchestralen Schilderung des Gewittersturms einer Frühlingsnacht. Mertens versank völlig in diesem überwältigend schönen Bad aus Tönen und wurde bis zum Ende des Aktes, der die urgewaltige Spannung der mehrfach tragischen Dreieckskonstellation Siegmund-Sieglinde-Hunding zeigt, von keinem ablenkenden Gedanken gestört.

In der ersten Pause entdeckte Mertens Gitti Wächter, deren mächtiger Roßschwanz ihm aus ihrer kurzen Dienstzeit bei ihm in Erinnerung geblieben war. Gitti war auf Stehplatz am Balkon, allein, und so ließ sie sich von Mertens gerne Gesellschaft leisten. Gitti äußerte großes Interesse an den Untersuchungen im Fall Mrkvicka. Mertens fragte deshalb, ob Gitti nach den Vernehmungen, die Ogris und Rosenmayer am Donnerstag in der Anwaltskanzlei durchgeführt hatten, irgend etwas Besonderes an den Mitarbeitern dort bemerkt habe. Gitti sagte, im Augenblick falle ihr nichts ein, aber sie werde darüber nachdenken.

Zweiter Akt: Kaum hat Wotan seiner Hojotoho!-sprühenden Tochter Brünnhilde aufgetragen, für den Sieg Siegmunds über Hunding zu sorgen, ringt Gemahlin Fricka Wotan den Eid ab, Siegmund seinen Schutz zu entziehen. Das muß nun Brünnhilden beigebracht werden. Zu diesem Zweck läßt Wagner seinen Wotan den Inhalt der Oper *Rheingold* erzählen, und was Wotan nach des Dichters Willen anschließend getrieben hat. Dazu gehört die Zeugung nicht nur von Brünnhilde und ihrer acht Walküren-Schwestern, sondern auch des Zwillingspaares

Siegmund und Sieglinde. Kein Wunder, daß Brünnhilde hierauf nicht glauben mag, daß der Befehl »Siegmund falle!« Wotans wahrer Wille sei.

In der nächsten Szene wird Sieglinde von der Einbildung gequält, sie, die einem ihr aufgezwungenen, ungeliebten Gemahl zu Willen war, sei aus diesem Grunde Siegmunds nicht würdig – als wären inzestuöse und ehebrecherische Liebe, die dieser Held mit ihr praktiziert, nicht ein größeres moralisches Schlamassel. Von welchem Siegmund überdies nicht lassen will.

Das inspiriert Mertens plötzlich: Ohne Sieglinde will Siegmund nicht nach Walhall, ohne Sieglinde will er nicht Wotan, nicht Wälse, nicht die Helden dort sehen, ohne Sieglinde will er auch nicht die Wunschmädchen und Walhalls ewige Wonnen genießen, nein, Siegmund will nur Sieglinde, er will nur sie, *e----r will nur sie----, und – I---- wü nua di----*, hatte Mertens seinen gesuchten Text-Anfang. Diesen notierte er sicherheitshalber aufs Programmheft und er war überzeugt davon, eine entsprechende Fortsetzung der rhythmisch perfekt zu seiner Melodie passenden Worte zu finden.

So ging der Rest dieses Aktes zu Ende, ohne daß Mertens ihm Aufmerksamkeit schenkte. Wenn Brünnhilde Siegmund verbotswidrig schützt, wenn Siegmund deshalb durch Wotans persönliches Eingreifen stirbt, und wenn Wotan in furchtbarem Zorn Brünnhilden schwerste Strafe ankündigt, da war Mertens in Gedanken weit fort. Er war bei Ilona Bergmann und der Chance, die er vielleicht doch noch bei ihr haben würde.

Großer Beifall setzte ein und brachte Mertens ins Hier und Jetzt zurück. Mertens applaudierte ziemlich lange mit, dann verließ er in großem Gedränge den Balkonraum. Vor der Türe sprach Gitti ihn an.

»Was mir eingefallen ist, hat vielleicht nichts zu bedeuten, Herr Major, aber ich möcht's Ihnen trotzdem sagen.«

»Wollen Sie etwas trinken?«

Gitti bejahte. Auf dem Weg hinunter sprachen sie über die Aufführung. Mertens und Gitti fanden alle Sänger – damit waren auch die Sängerinnen gemeint – hervorragend, und beide waren mit dem Dirigenten einverstanden. Gitti erklärte allerdings, ihr sei Simone Young, die letztes Mal bei *Walküre* am Pult gestanden war, noch lieber gewesen.

Mertens und Gitti stellten sich beim Büffet im Marmorsaal an. Sobald sie ihren Kaffee hatten, gingen sie an die gegenüberliegende Längsseite des Saales, wo man auf kleinen Tischen die Tassen abstellen konnte und weder beim Trinken noch im Gespräch vom Strom der promenierenden Opernbesucher gestört wurde.

Nun erzählte Gitti:

»Die Melli Trnka, unsere Putzfrau, ist ganz unglücklich darüber, daß der Herr Kersten jetzt woanders wohnt.«

»Wissen Sie, warum?«

»Weil sie nicht weiß, wie lange das dauern wird, und ob sie sich jetzt für Samstag was anderes suchen soll. Sie war so gerne bei ihm und seiner Tochter.«

So, so, dachte Mertens. Warum hat sie das verschwiegen? Wahrscheinlich arbeitet sie am Samstag schwarz. Jedenfalls wird mir diese Melli Trnka noch ein paar Fragen beantworten müssen!

»Können Sie etwas anfangen damit, Herr Major?«

»Wir werden sehen. Jedenfalls vielen Dank.«

Beim Pausen-Ende-Läuten verabschiedeten sie sich und wünschten gegenseitig weiteren Genuß der Vorstellung.

Die Anfangsmusik des dritten Aktes tobte zunächst den Ritt der Walküren zum Gipfel des Brünnhildensteins vor. Das nahm Mertens wieder ganz gefangen, und er war voll bei der Sache: das sukzessive Eintreffen der Walküren auf dem Felsengipfel (bei Schneegestöber in dieser Inszenierung), Brünnhildens Vorsorge für Sieglinde und deren ungeborenes Kind – Siegfried, unentbehrlich als Held des nächsten Teiles der Ring-Tetralogie –, Wotans Anklagerede und Strafausspruch, wonach Brünnhilde schlafendes Freiwild für den ersten beliebigen Mann sein soll, der sie weckt. Nach langer Diskussion über Wotans unentrinnbaren Zwang, das *nicht* zu tun, was zu tun er begehrt, wird dieses Urteil gemildert durch Gewährung eines Feuerwalles, den nur ein furchtloser Held durchschreiten kann. Die musikalische Aufrichtung dieses Hindernisses am Schluß der Oper gehörte für Mertens zum Schönsten, was Wagner komponiert hat.

Enthusiastischer Applaus, der die Sänger – Sängerinnen wieder eingeschlossen – und den Dirigenten nach gemeinsamen Verbeugungen wiederholt auch einzeln vor den Vorhang holte, beendete den großen Opernabend.

15.

Auf dem Weg von der Oper in das von Wibiral genannte Lokal *Girardi* fielen Mertens die neue Melodie und seine Anfangsworte *I wü nua di* ein. Bei der Secession hatte er bereits die nächsten drei und bis zum Einbiegen von der Linken Wienzeile in die Girardigasse weitere vier Zeilen im Kopf. Die wollte er gleich aufschreiben, wenn er in das Lokal kam, bevor er irgendeine Frage stellte.

Mertens betrat den kleinen Vorraum, der durch eine Doppelschwingtüre aus Holz mit Glasfenstern vom Inneren des Lokals abgetrennt war. Musik und Stimmengewirr drangen heraus, das Etablissement war offenbar gut besucht.

Ein Kellner hatte Mertens durch die Glasscheiben der inneren Türe entdeckt, öffnete einladend einen Flügel derselben, und Mertens ging hinein. Links sah er einen Bar-Tresen mit hohen Hockern, die fast alle besetzt waren, in der Mitte des Raumes gab es eine winzige, derzeit leere Tanzfläche, an deren Kopfseite der Diskjockey an seinen Geräten saß und werkte. Die drei übrigen Seiten des Tanzvierecks waren von kleinen Tischen mit Stühlen umgeben.

Mertens war verblüfft über die Ausstattung des Raumes, die altmodisch wirkte, aber sichtlich neu war. Mertens setzte sich an einen leeren Tisch in der Nähe der Tür. Der Kellner zündete die Kerze an, die in einem Glaszylinder auf dem Tisch stand, und fragte nach Mertens' Wünschen.

Mertens bestellte Campari Orange. Anschließend schrieb er die Textfortsetzung von *I wü nua di* auf. Dann sah er sich genauer um. Die Pärchen an den Tischen, auf denen auch jeweils eine von Glas abgeschirmte Kerze brannte, waren in Verliebtseins-Seligkeit versunken und schienen für nichts ringsum Augen oder Ohren zu haben. Tischtücher und Wandbespannung waren rot, wie in der *Eden.* Die Wandbeleuchtung ringsum verstrahlte angenehm gedämpftes, indirektes Licht. Und auch die Musik war Mertens angenehm – dezente Evergreens, kein Disko-Sound-Lärm.

Der Kellner, der Mitte fünfzig war, brachte das bestellte Getränk. Er bemerkte die wohlwollend-prüfenden Blicke des neuen Gastes.

»Leider kann man so nah beim Naschmarkt der *Eden* nicht wirklich Konkurrenz machen.«

»Sie sind wohl der Chef?«

»Richtig. Und Sie sind bestimmt nicht aus Zufall hier.«

»Gleichfalls richtig. Wieso wissen Sie das?«

»Wenn man dreißig Jahre in der *Eden* gearbeitet hat ... Was führt Sie her?«

»Der Wibiral hat mich geschickt.« Mertens zeigte seinen Ausweis. »Er sagt, es habe ihn einer von hier aus angerufen, gerade als ein Gast durchs Lokal schrie: *Der Balduin soll endlich anfangen!* Können Sie sich daran erinnern?«

»O ja. Gerufen hat der Mann, der dort beim Harry an der Bar sitzt. Der mit dem braunen Sportsakko. Ich kann mir meine Gäste leider nicht aussuchen.«

»Was wissen Sie von diesem Mann?«

»Persönlich gar nichts. Nur daß der Wibiral hier schon ein paarmal mit ihm gesprochen hat.«

»Mit dem muß ich sofort reden.« Mertens stand auf. »Zu Ihnen komme ich später wieder. Wie heißen Sie übrigens?«

»Gerbert Wolf.«

Mertens nahm sein Glas und stellte sich neben den von Wolf Bezeichneten, der in der Mitte von vier Männern in keineswegs abendlicher Kleidung und mit robuster Ausstrahlung saß. Der Mann hatte sein Sakko geöffnet, dessen rechte Vorderseite die charakteristische Linie zeigte, wenn darunter eine Waffe im Halfter steckt. Außerdem konnte Mertens ein Stückchen der Innenseite des Sakkos sehen: Diese war knall-gelb-und-braun-kariert. Die riesigen Hände wiederum paßten zu der Beschreibung, die Professor Althoffs Ordinationsschwester von dem Typen gegeben hatte, der den Koffer mit den drei Millionen brachte.

Wegen seines Opernbesuchs unbewaffnet, wollte Mertens trotzdem nicht riskieren, daß ihm der Mann durch die Lappen ging. So beschränkte er sich vorläufig auf die Beschäftigung mit seinem Campari Orange. Da legte ihm jemand von hinten eine Hand auf die Schulter und sagte:

»Was is'? Geh' ma 's an?«

Ogris und Bauer waren da. Eine Viertelstunde vor der Zeit, zu der sie bestellt waren. Sehr erleichtert fragte Mertens seinen athletischen Nachbarn nun:

»Kennen Sie Professor Althoff?«

Anstatt zu antworten, sprang der Gefragte auf und wollte weglaufen. Ogris hielt ihn fest, Bauer legte ihm Handschellen an, Mertens wies sich aus und sagte vorschriftsgemäß:

»Sie sind verhaftet gemäß § 177, Absatz 1, Ziffer 1 Strafprozeßordnung, wegen des dringenden Verdachtes der Beteiligung an Erpressung und Beraubung von Professor Althoff«. Mertens ließ die Routineformel über die Rechte des Festgenommenen folgen. Dann sah sich Mertens nach dem Chef des Lokales um, der die Szene natürlich beobachtet hatte und sofort zur Stelle war.

»Gibt es hier einen Raum, wo man ungestört ist?«

»Das Büro.«

»Wartet dort auf mich. Ich habe an der Bar noch ein paar Fragen zu stellen.«

Gerbert Wolf führte die beiden Kommissare mit ihrem Verhafteten ins Büro. Mertens setzte sich auf den leer gewordenen Hocker. Er nahm wieder einen Schluck von seinem Campari Orange und fragte dann in die Runde, die aus dem Barkeeper und den je zwei Nachbarn bestand, in deren Mitte der innen gelbbraun Karierte gesessen war:

»Wer hat hier schon einmal einen Auftrag vom Wibiral übernommen?«

»Ich nicht«, sagte Barkeeper Harry. »Aber kennen Sie die Herren, Herr Inspektor? Rechts von Ihnen sitzt der Capo der anderen drei, genannt der Fesche, daneben der Seidene.«

Mertens sah grüßend nach rechts, die Genannten verbeugten sich leicht. Während Mertens den Kopf dann auf die andere Seite drehte, hört er vom Barkeeper:

»Links der Klane und der Fade.«

»Ich bin der Notwendige und heiße Mertens.«

»Mertens? Dann sind Sie kein Inspektor, sondern Kriminalmajor. Ich kenn' den Rosi, wissen S'«, sagte Der Fade.

»Wie heißt der Mann, den wir verhaftet haben?«

»Das ist der Herr Schmekal. Den traut sich keiner anders zu nennen.«

»Also«, wiederholte Mertens, »wer, außer dem Herrn Schmekal, hat mit dem Wibiral zu tun gehabt?«

Der Fesche sagte: »Der Wibiral, das is' a arroganter Lackl! Mit uns red't der gar net.«

»Sonst wissen Sie nichts von ihm? Zum Beispiel, daß er dem Mrkvicka einen Auftrag geben wollte, den der nicht angenommen hat, für Geld?«

»Doch. Der Mrkvicka war a armer Hund. Geld hat er no g'habt, a bissel. Aber er wollt' nur wissen, wo er den find', der sei' Mutter um'bracht hat. Seidel soll der heißen. Dafür hätt' der Mrkvicka alles g'macht. Dafür hat er dem Egon g'holfen in Bratislava, dafür hat er Stoff verschenkt und sich sogar für einen kleinen Dealer halten lassen«, sagte der Fade, und erntete einen finsteren Blick vom Feschen, der offenbar zu Auskünften an Mertens nicht besonders motiviert war.

»Haben Sie mit dem Egon den Egon Althoff gemeint?«

»Ja, den Egon Althoff. Der is' bis vor kurz'm oft nach Wien 'kommen«.

»Und jetz' is' er verschwund'n«, meldete sich der Seidene zu Wort.

»Woher wissen Sie das?«

»Am Karlsplatz ham' s' das erzählt.«

»Ich hab' das auch dort g'hört«, bestätigte der Fade, »is' was mit dem Egon?«

»Ja. Der Egon ist tot. Man hat ihn entführt, konstant im Drogenrausch gehalten und dann mit einer Überdosis umgebracht. Wer davon etwas weiß oder hört, soll uns das sagen.«

Der Fesche war ganz außer sich: »Der Egon is' tot? Der mir Opium geb'n hat, fast umsonst? Für mei' Mutter? Wie s' so große Schmerzen g'habt hat? Weil in dem Spital ham' s' g'sagt, sie geb'n ihr nix, damit s' net süchtig wird!

Obwohl eh schon klar war, daß bald aus is' mit ihr. Der Egon is' tot? Das darf net wahr sei'! Dem sei'n Mörder möcht i darwischen!«

»Helfen Sie uns, ihn zu finden. Dafür wär's gut, wenn Sie über die Verhaftung des Schmekal schweigen. Vor allem, daß die hier passiert ist.«

»Machen wir, Herr Major! Ich weiß ja, was ich dem Egon schuldig bin. Und die ander'n hier, die san des mir schuldig. Da fahrt die Eisenbahn drüber!«

Der Barkeeper versicherte, daß Mertens sich auch auf ihn verlassen könne. Mertens notierte die Namen der vier Hilfsbereiten und gab jedem eine seiner Karten. Der Fesche, der Seidene, der Klane und der Fade machten sehr betretene Gesichter. Mit Mord wollten sie weder etwas zu tun haben, noch in Verbindung gebracht werden. Sie beteuerten, sich melden zu wollen, wenn ihnen Einschlägiges zu Ohren käme. Keiner der vier war übrigens so groß, daß er der zweite bei dem Überfall auf Althoff gewesen sein könnte. Deshalb leerte Mertens nun sein Glas und verabschiedete sich.

Gerbert Wolf mußte Mertens die Geheimhaltung von Schmekals Verhaftung in seinem Lokal nicht besonders auftragen, denn dies lag sowieso in Wolfs eigenstem Interesse. Stattdessen kam Mertens auf die Sache mit dem lauten Rufen nach dem Diskjockey Balduin zurück.

»Wissen Sie, wer das ist, der damals telefoniert hat?«

»Nein. Ich hab' ihn vorher noch nie gesehen, und nachher auch nicht mehr. Aber ich kann ihn beschreiben. Etwa einsfünfundsiebzig groß, stämmig, Ende fünfzig. Und er hat ein großes Feuermal rechts am Nacken.«

16.

Montag um acht wurde der am Vortag verhaftete Bruno Schmekal vernommen. Schmekal war 32, mehrfach wegen Einbruchs und Raufhandels vorbestraft und wurde erst in letzter Zeit in der Drogenszene beobachtet.

Schmekal hatte nicht verlangt, seinen Anwalt zu sprechen, und beantwortete Mertens' Fragen bereitwillig, im Beisein eines von Mertens zugezogenen Rechtsbeistandes.

Schmekal gab zu, den Mann mit dem Feuermal, der sich Frank Bernstein nannte, zu Althoff begleitet zu haben. Er gab ferner zu, daß er Althoff mit Pepi Wieser zusammen überfallen und beraubt hatte. Natürlich im Auftrag des Pseudo-Bernstein.

Mit Pepi Wieser war Schmekal auch am Mittwoch nachmittag zuerst in der Gußhausstraße gewesen, um Stoff zu holen – reines Heroin –, und dann am Karlsplatz, um den Stoff zu verkaufen.

Den Stoff habe ihnen immer der falsche Frank Bernstein gegeben. Wie der wirklich heiße, wisse Schmekal nicht, sagte er. Und in die Gußhausstraße seien sie das erste Mal bestellt worden, bisher hätten sie das Zeug immer im 10. Bezirk, in der Keplergasse abholen müssen.

»Wer bestellt Sie jeweils?«

»Manchmal dieser Bernstein, manchmal der Wibiral.«

»Wissen Sie, wo der Bernstein wohnt?«

»Nein. Das weiß niemand.«

»Haben Sie den Mrkvicka gekannt?«

»Ja. Deshalb wollten wir erst gar nicht in die Gußhausstraße gehen, weil der Mrkvicka doch dort ermordet worden ist. Aber dann haben wir uns gesagt, daß wir immerhin zu zweit sind, und am helllichten Tag ...«

»Und bewaffnet. Lassen wir das. Was wissen Sie vom Mrkvicka?«

»Er suchte den Mann, der ihm fast sein ganzes Vermögen abgeknöpft hat. Dafür, daß die Mutter vom Mrkvicka in einem komfortablen Altersheim leben und zwischendurch eine schöne Weltreise machen kann. Stattdessen ist die Frau aber beraubt und ermordet worden.«

»Hat Ihnen das der Mrkvicka erzählt?«

»Ja. Aber er hat das jedem erzählt. Denn sein einziges Ziel war, den Mann zu finden. Felix Seidel heißt der, hat er gesagt.«

»Haben Sie auch den Egon Althoff gekannt?«

»Ja, Herr Major. Daß der umgebracht wird, hätt' ich nie gedacht. Und wie ich's gehört hab', ist mir eingefallen, daß der Mrkvicka zuletzt beim Egon gearbeitet hat, und daß der Egon dem Mrkvicka helfen wollte, den Felix Seidel zu finden. Dabei soll der Egon in Preßburg, also in Bratislava, auf eine Ost-Mafia-Spur gestoßen sein. Da ist er dann geschnappt worden.«

»Wissen Sie etwas über eine Verbindung dieser Gruppe nach Wien?«

»Ich hab' was läuten gehört, von einer Frau, die denen ein paar Häuser in Hietzing vermittelt hat. Oder nein – daß ein paar Frauen in ein Haus nach Hietzing vermittelt wurden? Ich hab' nicht so genau aufgepaßt, denn je weniger einer weiß von denen, desto besser für ihn.«

Schmekal wurde wieder abgeführt.

»Was meinst', warum der so gesprächig war, Klaus?«

»Der kann sich gar nichts anderes leisten, bei seinen Vorstrafen. Und vor allem will er nicht in den Mord verwickelt werden, Bertram.«

»Das is' logisch. Hast dem sei' Sakko g'seh'n? Innen kariert, außen Fischgrät? Daß man 's auf beide Seiten trag'n kann?«

»Ja. Das paßt zu dem Feuermal von dem Frank Bernstein. Das ist bestimmt nicht echt. Damit man auf so was Auffälliges fixiert ist, wenn man diese Ganoven sucht, und sie genau deshalb dann nicht findet.«

Kurz darauf traf Antwort auf die Fragen ein, die Mertens dem Kollegen in Bratislava gestellt hatte:

1. Egon Althoff vermittelte Pflegedienste. Für ein Entgelt, das in Wien als sehr preiswert galt, für die eingesetzten Frauen aus Bratislava jedoch eine traumhafte Entlohnung war.

2. Egon Althoff kassierte zwanzig Prozent davon, teils zur Finanzierung der Organisationsverwaltung, teils nachweislich für karitative Zwecke.

3. In letzter Zeit habe ein gewisser Frank Bernstein die Firma geleitet. In Vertretung Egon Althoffs, der Notstandsgebiete bereiste. Nun würden auch andere Dienste vermittelt, und die Frauen müßten fünfzig Prozent abliefern. Karitativen Zwecken fließe nichts mehr zu.

4. Kurz vor seinem Verschwinden soll Egon Althoff erwähnt haben, daß er einen Betrüger namens Felix Seidel suche. Über diesen sei in Bratislava nichts bekannt.

Nachmittags erfuhr Mertens, daß die Ehefrau des Doppelten Anton erst in einer Woche aus Zürich zurückkommen werde.

Schon morgen jedoch würde Mertens Melli Trnka sehr eingehend befragen. Gerade von ihr waren jetzt weiterführende Hinweise zu erwarten.

Als Ogris wieder zu ihm ins Zimmer kam, konnte Mertens nicht widerstehen, Ogris den Text zu zeigen, den er gestern nacht noch komplett zu Papier gebracht hatte. Ogris las:

I wü nua di, du bist füa mi
Granada und Shangri-La,
des woar bei mia no net da!
Wann i di sich, gibt's ma an Stich,
wo i's Herz hab', doch im Bauch
da sticht's mi a.
Doch du wü'st an andern nua
und denkst an den in aner Tour,
i find kan Schlaf mehr,
hab' ka Freud, tua ma scho leid.
Hör ma do zua, i gib ka Rua,
i kann ohne di net sein,
nimm ka andre, bleib allein.
I waß net, wia i di no kriag,
do' des ändert se nie:
i wü nua di!

»Dich hat 's ja ordentlich erwischt, Klaus! Aber warum in Dialekt?«

»Hochdeutsch wär's zu lächerlich.«

17.

Dienstag früh erhielt Mertens ein Fax aus Paris. Darin hieß es, daß Karina Kersten nicht mehr dort sei und daß sie erst am Montag nach dem Mord bei den Varginaires als Au-pair angefangen habe. Ob und wo Karina vorher in Frankreich war, sei den Vernommenen unbekannt. Sie nannten aber die Wiener Adresse und Telefonnummer Karinas in der Göttweihergasse. Dorthin brachen Mertens und Ogris sofort auf.

Bevor sie sich zurückzog, bot die Dame des Hauses für Karinas Gespräch mit den Herren von der Polizei das Wohnzimmer an. Dorthin setzten sie sich.

»Seit wann sind Sie in Wien, Frau Kersten?«

»Seit einer Woche.«

»Haben Sie schon mit Ihrem Vater gesprochen?«

»Nein. Der darf nicht wissen, daß ich da bin. Es würde ihn zu sehr aufregen, denn er scheint mich für schuldig zu halten an dem Mrkvicka-Mord.«

»Sind Sie's?«

»Natürlich nicht!«

»Haben Sie die Schlüssel zu Haustor und Wohnung in der Gußhausstraße bei sich?«

»Immer, Herr Major«, sagte Karina, öffnete ihre große sportliche Handtasche und leerte den Inhalt aus – Taschentuch, Kamm, Lippenstift, Personalausweis, Taschenkalender, Paß, Geldbörse, Kreditkarte, Scheckheft – wobei es klirrte, als die Schlüssel auf die Glasplatte des Tisches fielen. Karina nahm ihren Schlüsselbund und zeigte, welche Schlüssel zur Göttweihergasse gehörten und welche zur Gußhausstraße.

»Wir wissen, daß Sie Montag zu den Varginaires gekommen sind. Ihr Vater sagte jedoch, Sie hätten Wien bereits am Mittwoch verlassen. Wo waren Sie in der Zwischenzeit?«

Karina schwieg.

»Nächste Frage: Warum haben Sie Ihr Studium so unsinnig unterbrochen? Kurz vor Abschluß der ersten Diplomprüfung?«

»Ich wollt' ja ursprünglich erst im Herbst auf ein Jahr nach Frankreich geh'n. Aber dann passierte der mysteriöse Mord in unserer Wohnung, und da wollte mein Vater es so aussehen lassen, als hätte ich schon drei Tage davor einen Au-pair-Job angetreten. Und er verbot mir, nach Wien zu kommen, solange der Täter nicht gefaßt ist.«

»Also, Frau Kersten, einiges stimmt da nicht. Sonntag kam Ihr Vater aus London heim und entdeckte die Leiche. Sie waren nicht da. Und noch am Dienstag nach Pfingsten sagte Ihr Vater, er kenne Ihren Aufenthalt in Frankreich nicht, als ich ihn danach fragte. Wie war es ihm möglich, Sie zu informieren von seinem Verbot, nach Wien zu kommen?«

»Ich hab' ein Handy mitgehabt.«

»Wo ist das jetzt?«

»Zurückgegeben – es gehört nicht mir.«

»Wem gehört es?«

Karina schwieg.

»Bitte, geben Sie mir Ihren Paß und Ihren Personalausweis.«

Karina erschrak, tat aber, was Mertens verlangte, der hinzufügte: »Wir müssen Sie bestimmt bald noch einmal befragen und wollen Sie nicht wieder solange suchen müssen wie diesmal.«

Mertens bestätigte den Empfang der Urkunden, dann verließ er mit Ogris Wohnung und Haus in der Göttweihergasse.

In der Gußhausstraße wurde Melli Trnka vernommen. Diese gab zu, samstags immer bei Kersten gearbeitet zu haben. Und um wieder gutzumachen, daß sie letztes Mal zwar keine Unwahrheit gesagt hatte – »ich bin ja Montag bis Freitag hier in der Kanzlei« –, aber doch nicht die volle Wahrheit, war Melli nun besonders gesprächig. Vor allem lag ihr daran, klarzumachen, daß weder Vater noch Tochter Kersten am Mordabend in der Wohnung gewesen waren, sondern beide erst am Sonntag zurück sein wollten, Karina etwa um 12 Uhr, Friedrich Kersten nach 17 Uhr.

»Die Tochter wollte am Sonntag wieder da sein?«

»Ja, und zwar unbedingt bevor ihr Vater kam, net. Der sollte nicht wissen, daß Karina seit Samstag früh weggewesen ist.«

»Erst seit Samstag? Woher wissen Sie das, Frau Trnka?«

»Wie ich an dem Samstag kam, um sieben, net, hat die Karina schrecklich geweint. Und dann hat sie mir ganz verzweifelt ihr Herz ausgeschüttet. Daß sie ein Kind erwartet, net, und daß sie's jetzt wegnehmen lassen muß, net, und daß ihr Vater das alles nicht wissen darf.«

»Wissen Sie, von wem das Kind ist – oder war?«

»Nein, Herr Major, das hat sie nicht gesagt.«

Nachmittags saßen Mertens und Ogris im Büro beim Kaffee und besprachen den Stand der Dinge. Frau Trnka zufolge habe Karina Kersten mit ihr, der Melli, am Morgen des Mordtages in der Gußhausstraßen-Wohnung gesprochen, die Wohnung dann verlassen und erklärt, am Sonntagvormittag dorthin zurückzukehren. Es war jedoch keineswegs ausgeschlossen, daß Karina schon am Samstagabend wieder dort gewesen sei. Dafür gab es allerdings keinen Beweis. Dafür, daß sie, wie angekündigt, (erst) am Sonntag in die Wohnung kam, auch nicht. Mertens fiel ein:

»Hast du ihre Kreditkarte gesehen, Bertram?«

»Na klar, sie hat's ja auf'n Tisch ausg'leert.«

»Wir werden bei der Kreditkartenfirma anfragen, ob sie ihren Flug nach Frankreich per Kreditkarte gebucht hat, und wenn ja, wann das war. Vielleicht bringt uns das weiter.«

18.

Tags darauf, Mittwoch, war Ilona kurz vor zwölf mit Karina in der Konditorei *Oberlaa* am Neuen Markt verabredet. Sie setzte sich an einen der Tische im Freien, mit Blick Richtung Seilergasse, damit sie Karina gleich sah, wenn sie kam. Ilona bestellte frisch gepreßten Orangensaft.

Karina erschien pünktlich. Auch sie wollte Orangensaft. Mit Besorgnis erkannte Ilona, daß Karina noch bemitleidenswerter aussah als letztes Mal, und sie erfuhr auch, weshalb. Karina erzählte, daß die Polizei bei ihr gewesen sei, daß sie nicht alle Fragen beantwortet habe, und daß man ihr Paß und Ausweis abgenommen habe.

Ilona meinte, Karina solle unbedingt mit ihrem Vater sprechen. Da tauchte Mertens in Begleitung eines Kollegen an ihrem Tisch auf.

»Guten Tag Ilona«, sagte Mertens höchst verwundert darüber, Ilona mit Karina anzutreffen. An diese gewandt, fuhr er fort:

»Ihre Hausfrau sagte uns, daß wir Sie hier finden. Frau Kersten, Sie sind verhaftet.« Mertens wies den richterlichen Haftbefehl vor und erläuterte: »Es besteht der dringende Verdacht, daß Sie Zdenko Mrkvicka am Samstag des Himmelfahrts-Wochenendes erschossen haben. Verständigen Sie Ihren Anwalt.«

»Ich kenne keinen.«

»Rufen Sie Ihren Vater an, der soll Ihnen wen schicken«,

sagte Mertens. »Und Sie, Ilona, bitte ich, in zwei Stunden in meinem Büro zu sein.«

Da Karina sich weigerte, ihren Vater anzurufen, tat Mertens dies. Urbanek meldete sich. Von ihm erfuhr Mertens, daß Friedrich Kersten seit heute und über das lange Wochenende in Salzburg sei. Dort habe er in der *Galerie Ropac* zu tun und müsse einen Kunden aus den USA betreuen.

»Aber vielleicht kann ich Ihnen weiterhelfen, Herr Major?«

»Vielleicht«, sagte Mertens, dessen feines Gehör nicht Hilfsbereitschaft, sondern mißtrauische Neugier Urbaneks zu erkennen vermeinte. »Können Sie mir sagen, wie lange frischer Spargel gekocht werden muß? Und ob man ihn in kaltem Wasser zustellt oder …«

»Leider nein. Das ist Friedrichs Sache.«

»Wird er sich aus Salzburg bei Ihnen melden? Ich habe an dem Feiertag morgen einen Gast zum Mittagessen …«

»Er meldet sich selbstverständlich. Ich sage ihm, daß er Sie anrufen soll, Herr Major. Geben Sie mir Ihre Nummer?«

»Gerne«, sagte Mertens und nannte alle Möglichkeiten, ihn zu erreichen: Büro, Wohnung und Handy.

Anschließend sprach Mertens mit Karina, für die er von Amts wegen einen Rechtsbeistand zugezogen hatte.

»Sie haben am Sonntag, dem Tag nach dem Mord, in Wien mit Ihrer Kreditkarte einen AUA-Flug gebucht. War das der Flug nach Paris?«

»Ja.«

»Sie waren an diesem Tag also in Wien. Frau Trnka sagt, Sie seien auch am Samstag in Wien gewesen.«

»Ja. Aber nicht zu Hause.«

»Sondern?«

Karina schwieg.

»Wenn Sie ihren Aufenthaltsort nicht nennen, haben Sie für die Mordnacht kein Alibi. Ist Ihnen das nicht klar?«

Karina schwieg.

»Frau Trnka behauptet, von Ihnen zu wissen, daß Sie ein Kind erwartet haben und daß Sie am Samstag in der Früh zwecks Abtreibung außer Haus gingen. Stimmt das?«

Karina schwieg.

»Da Frau Trnka sagt, Sie wollten am Sonntag etwa um zwölf zurück sein, will ich einmal annehmen, daß es so gewesen ist. Schon deshalb, weil Sie für Paris bestimmt einiges einpacken mußten. Wenn Sie aber zu der Zeit in Ihrer Wohnung waren, dann müssen Sie Mrkvickas Leiche entdeckt haben, viele Stunden bevor Ihr Vater zurückerwartet wurde. War es so?«

Karina schwieg.

»Warum haben Sie nicht sofort die Polizei verständigt?«

Karina schwieg.

»Von wem ist das Kind gewesen?«

Karina schwieg.

Um halb drei erschien Ilona bei Mertens. Sie erzählte, wie sie Karina in Paris kennenlernte, von Karinas Vermutung, daß ihr Vater sie für schuldig halte, und schilderte die Briefübergabe im Café *Landtmann.*

Mertens fragte nicht, warum Ilona ihm all dies nicht schon früher erzählt hatte – bislang bestand ja nicht die geringste Veranlassung dazu.

Die Frage, ob sie etwas über Karinas Freund oder Freunde wisse, verneinte Ilona. Dann fiel ihr Charlotte Suttenbergs Untermieterin Anneliese ein, die bei dem Abendessen serviert und Kersten Grüße an Karina aufgetragen hatte – Anneliese könne Mertens vielleicht weiterhelfen.

Beim Abschied teilte Ilona mit, daß sie morgen, am Fronleichnams-Donnerstag, auf Lesetournee gehe, nach Linz, St. Pölten und Graz, und daß sie Montag zurückkomme.

Als Ilona gegangen war, rief Mertens bei Charlotte Suttenberg an. Anneliese Leitner war zu Hause. Über Karinas Bekanntenkreis wußte sie nichts.

»Ich habe Karina nur im *Audimax* und im *Juridicum* getroffen. Privat überhaupt nicht. Aber ich weiß, daß Gleichaltrige für Karina öd sind. Da sind wir einer Meinung – urtoll kann nur ein Mann ab 35 sein. Ich glaube, daß sie so einen zum Freund hat. Aber gesehen hab' ich den nie.«

»Wissen Sie sonst noch etwas über Karina?«

»Im Studium ist sie Spitze. Und plötzlich ist sie ausgeblieben. Dabei rief sie mich noch einen Tag vor unserer nächsten Ü an, ich meine Übung, aus Strafrecht.«

»Wann kam dieser Anruf?«

»Am Sonntag vom Christi-Himmelfahrts-Wochenende.«

»Wissen Sie noch ungefähr, um wie viel Uhr?«

»O ja. Etwas nach zwölf.«

»Wie hat Karina gewirkt? Aufgeregt? Geschockt?«

»Nein – sehr still und niedergeschlagen ist sie mir vorgekommen.«

»Sind Sie sicher, daß Karina aus ihrer Wohnung in Wien angerufen hat?«

»Jedenfalls hat sie gesagt, daß sie gerade bei der Tür hereingekommen ist und als erstes wissen will, ob sie sich richtig gemerkt hat, was in der Ü morgen drankommt.«

»Vielen Dank«. Mertens hängte auf.

Die Mithörtaste für Ogris war gedrückt, der nun sagte:

»Ja, ja: erst die Arbeit, dann das Vergnügen – erst ruft s' weg'n der Ü an, die Karina Kersten, dann findet s' in ihr'n Wohnzimmer a Leich'«.

Mertens plante wirklich, erstmals Spargel selbst zu kochen. Für den unglücklichen Professor Althoff, den er zum Mittagessen erwartete.

Wie erhofft, rief Friedrich Kersten Donnerstag früh, am Fronleichnamstag, bei Mertens an und verriet ihm, wie man Solo-Spargel richtig zubereitet, angefangen mit großzügigem Schälen. Mertens bedankte sich und fragte dann, ob Kersten aus Salzburg telefoniere.

»Ja.«

»Sind Sie allein?«

»Ja. Warum?«

»Weil ich eine Nachricht habe, die Sie vielleicht lieber für sich behalten möchten. Sie werden wahrscheinlich darüber erschrecken – Ihre Tochter ist seit einer Woche in Wien und sie wurde gestern verhaftet.«

»O Gott! Warum?«

»Das sage ich nicht am Telefon. Bitte, bestellen Sie einen Anwalt. Ihre Tochter selbst will das nicht tun. Wenn der Anwalt sie dazu bringt, ihr Alibi zu nennen, wird sie sofort enthaftet. Andernfalls, Herr Kersten, erwarte ich Sie am Montag um neun in meinem Büro.«

»Ich werde pünktlich dort sein. Und gleich morgen meinen Anwalt beauftragen – heute, am Feiertag, erreiche ich ihn bestimmt nicht. Warum hat sich Karina in Wien nicht bei mir gemeldet? Ach so, das habe ich ihr ja verboten!«

»Warum?«

»Damit sie von der Polizei in Ruhe gelassen wird!«

»Aber gekommen ist sie trotzdem.«

»Und verheimlicht mir das! Wenn ich nur wüßte, warum! Nun, ich muß es respektieren und mich danach richten. Sonst käme ich natürlich sofort nach Wien zurück! Aber da Karina mich gar nicht sehen will, seit einer ganzen Woche ... Bis Montag also, Herr Major!«

Ein neues Gespräch mit Karina Kersten Freitag früh, im Beisein des von Mertens zugezogenen Rechtsbeistandes, blieb erfolglos, weil sie jede Aussage verweigerte.

Daß ihr ab Montag der Anwalt ihres Vaters zur Seite stehen würde, nahm Karina unbeeindruckt zur Kenntnis.

Am Samstag saß Klaus Mertens seit Mittag zu Hause an seinem Schreibtisch und arbeitete an einem neuen Text.

Mertens hatte noch keine Ahnung, ob und wann er Ilona seine weiteren Kreationen vorführen würde, war er doch überhaupt ziemlich skeptisch geworden bezüglich seiner Chance, ihre Zuneigung zu gewinnen. Und so gelang ihm ein Poem, mit dem er sich über sich selbst lustig machte. Es hieß *»Nicht mehr«:*

Ich denke gar nicht mehr an dich
und lauf' nicht mehr davon,
du bist nicht mehr das Glück für mich,
nicht mehr, o nein, pardon.
Ich suche nicht mehr deine Näh'
und bet' dich nicht mehr an,
kurz: ich liebe dich nicht mehr,
nicht mehr, nicht m e h r,
nur so sehr, wie ich kann.

Tags darauf, am Sonntag, versuchte er sich an der Vertonung, mit einer melancholischen Melodie in Moll, die bei der letzten Zeile des Textes in Dur umschlug.

Mertens wußte, daß er sich mit solchen Songs die Liebe zu Ilona nicht aus dem Leib schreiben konnte. Aber das wollte er auch gar nicht. Denn er genoß es, endlich überhaupt wieder zu lieben.

Außerdem fühlte er sich durch das In-Worte-fassen-Können seiner Gefühle teils sehr beglückt, teils etwas erleichtert. Und es war ihm erinnerlich, daß auch glückliche Liebe manchmal sehr schmerzhaft sein konnte.

19.

Montag um neun erschien Friedrich Kersten in Mertens' Büro. Mertens erklärte, daß Karina unter Mordverdacht stand, weil sie ihr Alibi nicht nennen wolle. Karinas abgebrochene Schwangerschaft verriet Mertens nicht. Das würde er nur dann tun, wenn es sich für die Klärung des Falles als unerläßlich erweisen sollte. Friedrichs Wunsch, Karina zu sprechen, wurde nicht erfüllt.

»Sie hat noch fast keine Frage beantwortet. Sicher war es ein Schock für Ihre Tochter, den Toten zu finden ...«

»Das wissen Sie?«

»Das wissen wir. Aber woher wissen Sie's?«

»Es - - - es steht in dem Brief, den Ilona Bergmann mir von ihr brachte.«

»Haben Sie es nicht schon früher gewußt?«

»Wie kommen Sie darauf?«

»Als Sie den Toten fanden, riefen Sie die Polizei und Urbanek. Weil das der Mann ist, der Ihnen am nächsten steht.«

»O nein«, reagierte Friedrich spontan-entsetzt, »sondern weil Manfred Althoff nicht in Wien war! Der ist mein bester Freund! Aus Alters- und aus familiären Gründen! Da kann Urbanek nicht mithalten, auch wenn er so tut. Daß er Schatz zu mir sagt, hat nichts zu bedeuten, glauben Sie mir! Aber – worauf wollten Sie hinaus?«

»Ihre Tochter rief zwar nicht die Polizei. Doch sie hat ganz bestimmt einen Menschen zu sich gerufen, den sie liebt und dem sie blind vertraut. Der dürfte ihr geraten haben, sicherheitshalber gleich einmal zu verschwinden. Dieser Mensch, Herr Kersten, dürfte dann später auch Sie verständigt haben. Vielleicht nur davon, daß Karina verreist ist. Den Rest haben Sie sich selbst zusammengereimt. Stimmt's?«

»So ungefähr. Aber, einen Menschen, den sie liebt und dem sie vertraut, wie Sie das beschrieben haben, gibt es für Karina nicht – außer mir, natürlich.«

Das dürfte wohl eine Täuschung sein, dachte Mertens. »Jedenfalls scheint Ihnen dieser Mensch verschwiegen zu haben, daß Karina bestreitet, zur Tatzeit zu Hause gewesen zu sein.«

»Stimmt! Davon hat er nichts gesagt! Aber wenn es so ist, und wenn Sie das wissen, warum wurde Karina dann verhaftet?«

»Weil sie den Beweis dafür schuldig blieb. Ich persönlich glaube ihr inzwischen allerdings, daß sie nicht in der Wohnung war, als das Verbrechen geschah. Aber für das Protokoll und für den Untersuchungsrichter genügt das nicht. Und deshalb sollten Sie uns jetzt helfen, den Fall aufzuklären, Herr Kersten.«

»Was kann ich tun?«

»Reden Sie mit dem Mann.«

»Worüber?«

Mertens sagte es ihm.

Friedrich, der Mertens vertraute und glücklich darüber war, daß der Polizeimajor Karina für unschuldig hielt, fing umgehend damit an, dessen Direktiven auszuführen. Er sprach mit Urbanek, verschwieg aber, daß er von Karinas

Aufenthalt in Wien wußte und daß sie verhaftet worden war. Friedrich begann vielmehr mit der Frage, warum Karina noch immer von Wien ferngehalten werden müsse.

»Willst du, daß sie unsere Schwulenshow miterlebt?«

»Die kann man ihr genauso erklären, wie du sie mir erklärt hast.«

»Ich kann keinen zweiten Mitwisser meines Plans mit Seidel gebrauchen. Außerdem glaube ich, bald am Ziel zu sein. Dann hat die Verstellung ein Ende.«

Urbanek strich seine Haarsträhne zurück.

»Na hoffentlich. Weißt du, was mich dauernd beschäftigt, Otto? Wieso hat Karina ausgerechnet dich zu Hilfe gerufen, als sie den toten Mrkvicka fand?«

»Du warst in London, Althoff in Rom, ich bin dein engster Mitarbeiter ...«

»Es wäre für sie viel risikoloser gewesen, zu verschwinden, ohne dir den Grund dafür zu zeigen – die Leiche in unserer Wohnung. Wieso hatte sie so großes Vertrauen zu dir?«

»Das mußt du sie fragen.«

»Weißt du es nicht?«

»Woher sollte ich?«

Friedrich rückte seine Brille zurecht.

»Eine Möglichkeit wäre, daß ihr euch heimlich sehr nahe steht. Ich weiß ja, daß Karina sich nichts aus Gleichaltrigen macht.«

»Unsinn! Was willst du eigentlich?«

»Ich will wissen, warum du mir verheimlicht hast, daß Karina zur Tatzeit gar nicht in der Wohnung war!«

»Wieso weißt du das? Hat Karina doch mit dir gesprochen?«

»Beantworte meine Frage Otto! Warum hast du mich glauben gemacht, daß Karina diesen Mrkvicka erschoß?«

»Damit du sie fernhältst und ich deine Wohnung eine Zeitlang benützen lassen kann, um den Seidel in die Falle zu locken.«

»Dann weißt du also, wer die illegalen Schlüssel hat?«

»Vor allem weiß ich, daß es noch andere gibt, die den Seidel suchen. Und einer von denen horcht in deiner Wohnung kleinere und größere Dealer aus, bis wir ihn haben.«

»Heißt das, ihr versorgt diese Dealer mit Rauschgift?«

»Nur vorübergehend. Es ist absolut nötig, um dem mafiosen Kreis nahezukommen, der etwas vom Seidel weiß. Wir tun damit auch der Polizei einen Gefallen, glaub' mir das!«

»Der Polizei? Wieso?«

»Der Polizei in Dresden, meine ich, die den Seidel auch noch immer sucht.«

20.

Dienstag früh traf weitere Nachricht des Kollegen aus Bratislava bei Mertens ein:

1. Mrkvicka habe zehn Stunden vor seiner Ermordung erzählt, daß er am Abend in Wien zu einem Mann bestellt sei, der die Suche nach dem Felix Seidel beenden werde.

2. Eine häufig genannte Wiener Adresse, an der Frauen aus Bratislava beschäftigt würden, sei eine Villa am Hansi Niese-Weg in Hietzing. Die Hausnummer war angegeben.

An Hand dieses Berichtes vernahm Mertens die Ganoven Wibiral und Schmekal neuerlich. Mit Bewilligung des für sie inzwischen zuständigen Untersuchungsrichters.

Wibirals Art zu sprechen war unverändert arrogant.

»Jetzt, wo Sie direkt danach fragen, fällt es mir ein, Herr Major. Der Mrkvicka sollte an jenem Abend zu dem Mann kommen, der sich Frank Bernstein nennt. In die Gußhausstraße.«

»Woher wissen Sie das?«

»Ich mußte den Mrkvicka dorthin bestellen.«

»Und das ist Ihnen erst jetzt wieder eingefallen?«

Von nun an schwieg Wibiral.

Schmekal hingegen wußte nichts von Mrkvickas letztem Abend. Aber als er die Adresse des Hauses in Hietzing hörte, erinnerte er sich daran, daß Mrkvicka dieselbe einmal erwähnt hatte.

»Ich weiß es ganz bestimmt! Es war der Weg, der nach einem Hansi heißt!«

Mertens, der sofort morgen früh dort einen Besuch abstatten würde, unterließ den Hinweis, daß der Weg seinen Namen nicht einem Hansi, sondern der Volksschauspielerin Hansi Niese verdankt.

Um 15.00 Uhr an diesem Dienstag war Mertens mit Friedrich Kersten auf dem Naschmarkt verabredet. Friedrich schilderte mit großer Bestürzung das gestrige Gespräch mit Urbanek. Entsetzt darüber, daß sich sein Kompagnon aus der VIS als Mann entpuppt hatte, dem zur Verfolgung seines Ziels jedes Mittel recht war, einschließlich des Einstiegs in den Drogenhandel, schloß er:

»Am liebsten würde ich sofort wieder in meine Wohnung ziehen und den Vertrag mit Otto Urbanek lösen. Aber das getraue ich mich nicht. Verstehen Sie das?«

»Ja. Außerdem ist es mir lieb, jederzeit zu Urbanek kommen zu können, um mit Ihnen zu sprechen – verstehen Sie.«

Friedrich schob seine Brille hinauf.

»O ja. Lassen Sie Karina jetzt frei?«

»Sobald sie sagt, wo sie am Mordabend gewesen ist. Das tut sie bestimmt gleich, wenn sie begreift, daß Otto Urbanek Sie beide gegeneinander ausgespielt hat. Ich glaube nämlich, er redete ihr ein, Sie, Herr Kersten, seien der Täter.«

»So niederträchtig sollte Urbanek sein?«

»Ja. Und ich vermute, daß Karina ihr Alibi verschwieg, um den Verdacht von Ihnen auf sich selbst abzulenken.«

»Dazu wär' sie imstande! Bitte, reden Sie ihr das aus!«

Mertens und Friedrich verabschiedeten sich. Von beiden unbemerkt wurde Friedrich auf seinem Heimweg von einem Mann beschattet, der ihm schon vom Lueger-Ring zum Naschmarkt gefolgt war.

Nach seiner Rückkehr vom Treffen mit Friedrich Kersten veranlaßte Mertens Karinas Vorführung und rief Ogris zu sich.

»Jetzt gibt's keinen Zweifel mehr am Zusammenhang des Mrkvicka-Mordes mit dem Tod von Althoffs Sohn.«

»Doch net, daß der junge Althoff den Mrkvicka umg'legt hat?«

»Nein. Aber daß hinter beiden Fällen dieselben Leute stecken. Ich erklär' dir das später«, brach Mertens ab, denn Karina wurde hereingebracht. Mertens stand auf, Ogris nur symbolisch – er hob sein Hinterteil ganz kurz zwei Millimeter vom Sessel –, und Mertens deutete Karina, sie möge ihm gegenüber auf dem Stuhl neben Ogris Platz nehmen.

Karina wirkte ganz apathisch. Sie hörte Mertens kaum zu, als er sie neuerlich nach ihrem Alibi fragte, und schwieg beharrlich. Erst als Mertens von der erwiesenen Unschuld ihres Vaters sprach, weil der zur Tatzeit in London gewesen war, regte sich Karinas Interesse.

»Ist das sicher, Herr Major?«

»Es wurde aus London bestätigt. Sie zweifeln daran?«

»Weil - - - jemand - - - sagte, er könne beweisen, daß Vater am Mordabend in Wien gewesen ist. Anstatt in London in die Oper zu gehen, sei er heimlich nach Hause gekommen, um Mrkvicka zu töten. Dann habe er zwecks Irreführung die Schreibtischlade aufgebrochen, in der er immer seine Pistole aufbewahrt. Sonntag früh wäre Vater wieder nach London geflogen und am selben Nachmittag nach Wien zurückgekehrt, um erst dann Mrkvickas Leiche zu ›finden‹ und die Polizei zu rufen.«

»Wäre es so gewesen, hätte Ihr Vater sofort Ihre Abwesenheit bemerkt, die Sie ihm verheimlicht haben. Außerdem umgekehrt: Ihr Vater mußte doch mit Ihrer Anwesenheit rechnen, wenn er plötzlich zurückkam. Und er kannte Mrkvicka überhaupt nicht.«

»All das ist mir erst später durch den Kopf gegangen, Herr Major. Ich war viel zu aufgeregt über die Entdeckung des Toten. Und zwischendurch ganz depressiv, weil mir mein Kind genommen worden ist. Und der Beweis war so überzeugend!«

»Welcher Beweis ist das denn gewesen?«

»Die Rechnung der Flugtickets.«

»Wie wäre die in die Hände des ›Jemand‹ geraten?«

»Als er zu mir kam, hat er sie auf Vaters Schreibtisch gefunden.«

»Haben Sie die Rechnung mit eigenen Augen gesehen?«

»Nein. Ich wollte dort überhaupt nichts mehr sehen, ich wollte nur weg aus der Wohnung. Und ich habe ihm vertraut. Er ist schließlich …«

Karina schwieg.

»Der Vater Ihres Kindes?«

Karina schwieg.

»Otto Urbanek, nicht wahr?«

Karina blickte ganz entsetzt.

»Woher wissen Sie das?«

Sie begann haltlos zu weinen. Dazwischen wiederholte sie immer wieder: »Es darf nicht wahr sein!«

Mertens wartete, bis Karinas Weinen nachließ.

»Weiß Urbanek, daß Sie in Wien sind?«

»Ja.«

»Und wo Sie wohnen?«

»Nein. Er hat überhaupt nicht danach gefragt!«

Karina weinte wieder heftiger. Dann zwang sie sich, weiterzusprechen:

»Er hat die Abtreibung verlangt. Als Bedingung, daß er nicht Schluß macht mit mir. Ich wollte das Kind so schrecklich gern, sein Kind, weil ich ihn so liebe! Aber mehr noch als das Kind wollt' ich ihn behalten. Deshalb hab' ich schließlich nachgegeben, obwohl es dann schon strafbar war! Und trotzdem hat er mich verlassen!«

»Ja, ja: Es ist nicht alles Schein, was trügt. Manchmal ist es pure menschliche Gemeinheit.«

Mertens sagte das mehr zu sich als zu Karina, deren Schluchzen seine Worte übertönte. Als es nachließ, fuhr Mertens fort:

»Jedenfalls haben Sie jetzt die Gewißheit, daß Ihr Vater unschuldig ist. Sie brauchen also Ihr Alibi nicht länger zu verschweigen.«

»Aber beweisen werd' ich's nicht können! Die's gemacht haben, wurden aus Bratislava geholt. Ich habe keine Ahnung, wie sie heißen. Und wenn man sie findet, werden sie's bestimmt nicht zugeben.«

»Wissen Sie wenigstens, wo's gemacht worden ist?«

»In einer Villa in Hietzing. Aber ich glaube nicht, daß ich die wiederfinde. Vor der Hinfahrt hab' ich eine Beruhigungstablette bekommen, von der war ich gleich sehr angenehm benebelt. Und bei der Heimfahrt war ich so schrecklich deprimiert, daß ich auf gar nichts geachtet habe.«

»Können Sie sich an irgendetwas in dem Haus erinnern?«

»Ich weiß, daß ich ein Telefon im Zimmer hatte. Denn als ich nach dem Eingriff erwachte, hat Otto verlangt, daß ich Vater in London anrufe. Ich sollte sagen, daß ›hier in der Gußhausstraße‹ alles in Ordnung sei. Vater fiel meine schwache Stimme auf. Das schob ich auf die schlechte Verbindung. Sonst weiß ich nur noch: das Zimmer hatte kein Fenster. Vielleicht war's im Keller.«

Karina wurde in die Göttweihergasse gefahren, von wo sie, nach Absprache mit den hilfsbereiten Varginaires, tags darauf vorläufig nach Paris zurückkehren sollte. Das sei in Karinas und ihres Vaters Interesse derzeit das beste, hatte Mertens erklärt. Und keinesfalls dürfe Urbanek ahnen, was Mertens über ihn herausgefunden habe. Das war Karina und Friedrich vollkommen klar, die sich deshalb strikt an das hielten, was Mertens ihnen vorschrieb.

Knapp vor Geschäftsschluß kamen Mertens und Ogris in das Antiquitätengeschäft am Lueger-Ring. Sie warteten im Büro, bis ein Angestellter die Rolladen vor den Auslagen heruntergelassen und Urbanek die Eingangstüre abgesperrt hatte. Kurz danach kam auch Friedrich herein.

»Das hintere Lager ist abgeschlossen. Das Licht habe ich abgedreht. Wenn du mir den Schlüssel für die *Ultimex* gibst, sehe ich auch dort nach …«

Friedrich gab sich große Mühe, nicht erkennen zu lassen, daß Karina in Sicherheit und sein prinzipieller Optimismus zurückgekehrt war. Daß dieser Optimismus ihm schon bald helfen sollte, Standhaftigkeit in großer Pein zu bewahren, konnte Friedrich nicht ahnen.

»Nein, danke, Friedrich, mein Schatz, das mache ich selbst. Entschuldigen Sie mich noch zwei Minuten.«

Urbanek verließ das Büro.

»Die *Ultimex* ist Otto Urbaneks Heiligtum, müssen Sie wissen. Im Keller dort lagern Weine, die ein Vermögen wert sind.«

Urbanek kam zurück und steckte den großen Schlüsselbund ein, mit dem er hantiert hatte.

Seinem Vorhaben gemäß ließ Mertens die Katze nicht aus dem Sack – Urbanek sollte so lang wie möglich glauben, von niemandem mit einem Verbrechen, geschweige denn mit dem Mrkvicka-Mord in Verbindung gebracht zu werden. So beschränkte sich Mertens auf eine mit Absicht wie beiläufige Mitteilung an Friedrich, die er gezielt im Beisein von Urbanek machte.

Zuerst sprach Mertens davon, daß Karina nicht mehr in Paris sei, ihr Aufenthaltsort aber unbekannt wäre.

»Da fällt mir ein, Herr Kersten – wir suchen auch einen Mann mit großem Feuermal im Nacken, und dem falschen Namen Frank Bernstein. Zu diesem soll der Mrkvicka bestellt gewesen sein – in die Gußhausstraße, in Ihre Wohnung. Das heißt dann wohl, daß der Mann mit dem Feuermal Schlüssel dazu hat.«

»Was nützt das, wenn Sie ihn nicht finden?«, fragte Urbanek.

»Wir wissen immerhin, wie der Mann aussieht, den wir suchen. Und wo wir suchen müssen, werden wir wissen, sobald der Ganove Schmekal wieder auftaucht. Der muß uns das Lokal nennen, in dem er den Mann mit dem Feuermal getroffen hat.«

»Das kann ewig dauern«, meinte Friedrich und rückte seine Brille zurecht.

»Übrigens – der Mann mit dem Feuermal soll eine Verbindung haben zu dem Felix Seidel, den Sie suchen, Herr Urbanek.«

Urbanek sagte sofort äußerst interessiert, wobei seine Haarsträhne wieder verrutschte: »Bitte, Herr Major, verständigen Sie mich sofort, wenn Sie diesen Mann gefunden haben!«

»Selbstverständlich.«

Urbanek begleitete Mertens und Ogris zu der Türe, durch die man das Geschäft nach Geschäftsschluß verlassen konnte. Diese führte ins Stiegenhaus, von wo man, an der Firmentüre der *Ultimex* vorbei, auf die Straße gelangte.

21.

Am Mittwoch standen Ogris und Mertens um 8 Uhr 30 beim Gartentor der gewissen Villa am Hansi Niese-Weg. Ogris läutete.

Es öffnete eine Frau Mitte 40. Sie trug Jeans und T-Shirt, darüber eine Wickelschürze, wie man sie bei Hausarbeit trägt.

Mertens wies sich aus.

»Kann ich den Herrn oder die Frau des Hauses sprechen?«

»Bedaure, bitte, es ist niemand da.«

»Sind die Herrschaften verreist?«

»Das weiß ich nicht, bitte.«

»Das klingt, als ob Sie Ihre Dienstgeber gar nicht kennen.«

»So ist es auch. Ich bin das erste Mal hier, bitte.«

»Wie heißen Sie?«

»Gerti Tikal, bitte.«

»Wer hat Sie engagiert?«

»Eine Agentur, bitte, in Bratislava. Dort gab man mir die Schlüssel für das Haus. Die muß ich, bitte, zurückbringen. Man beschrieb mir, wo ich alles finde fürs Saubermachen. Und morgen, bitte, macht das wieder jemand anderer.«

»Mehr sagte man Ihnen nicht?«

»Doch, bitte. Daß ich niemand hereinlassen darf. Außer die Polizei, natürlich. Denn wer hereindarf, sperrt selber auf, haben sie gesagt. Besonders beim Keller. Für den hab' ich gar keinen Schlüssel, denn dort brauch ich nicht putzen, haben sie gesagt, dafür kommen andere Leute.«

Bewohner der beiden Nachbarvillen, mit denen Mertens sprach, wußten, daß jenes Haus ständig betreut wurde, hielten es aber, seit dem Tod der Vorbesitzerin vor drei Jahren, für nicht ständig bewohnt. Den jetzigen Eigentümer kenne man nicht. Hin und wieder kämen Leute zu Besuch, in zwei bis drei Pkws, einer davon immer mit östlich-ausländischer Nummer, einer mit italienischer.

Manchmal bleibe ein Pkw mit österreichischem Kennzeichen auch über Nacht vor der Villa stehen, ein ausländischer jedoch nie.

Ja, man glaube, es handle sich immer wieder um andere Wagen und Besucher. Die gleichfalls ständig wechselnden Putzfrauen kämen aber gewöhnlich zu Fuß herauf, wohl von der Straßenbahnstation in der Lainzerstraße.

Nach dem Eigentümerwechsel habe es monatelang eine riesige Baustelle bei dem Haus gegeben. Es dürfte sich um einen totalen Umbau des Kellers gehandelt haben. Oben blieb alles, wie es war – die Erben der alten Dame lebten im Ausland und hätten die Villa deshalb verkauft, wie sie lag und stand, mit der gesamten Einrichtung.

Ja, jetzt laufe alles immer ganz ruhig ab, man habe keinen Anlaß zur Klage. Aber etwas beunruhigt sei man doch, weil in dieser Gegend eine so eigentümliche Villenbenützung nicht üblich sei: Auch bei schönstem Wetter sitze nie jemand im Garten oder auf der Terrasse oder im ersten Stock auf einem Balkon. Man hätte stark den Eindruck, alle hielten sich nur im Keller auf.

Um 10 Uhr 30 im Büro veranlaßte Mertens, daß der grundbücherliche Eigentümer der Liegenschaft festgestellt werde und daß Mertens einen Hausdurchsuchungsbefehl für die Villa am Hansi Niese-Weg erhielt. Weil der dringende Verdacht bestand, daß dieses Haus illegalen Aktivitäten diente.

Es war 13 Uhr, als Mertens an den Hansi Niese-Weg zurückkehrte. Dort machte jetzt Katinka Houdal Dienst. Katinka war ebenso gekleidet, wie Gerti Tikal es gewesen war, sah aber mit ihren grünen Augen, den Sommersprossen und dem roten Haar wesentlich attraktiver aus.

Mertens zeigte den Durchsuchungsbefehl und machte sich mit seinem Team an die Arbeit. Sie begannen im ersten Stock. Dort und im Erdgeschoß wurde nichts Verdächtiges entdeckt. Die Einrichtung war die übliche einer Wiener Einfamilienvilla des gehobenen Mittelstandes: Elegante Sitzgarnituren, antike Kästen und Kommoden, Ölgemälde, maßangefertigte Einbauschränke. Alles machte einen gepflegten, wenn auch unbenützten Eindruck.

Während der für Türschlösser Zuständige die Absperrung des Kellers untersuchte und für dessen Öffnung sorgen würde, vernahm Mertens Katinka Houdal.

Katinka war 20, ledig, und auch sie kam aus Bratislava. Sie sagte, sie betreue das Haus von 12 bis 18 Uhr, aber leider nur einmal in vierzehn Tagen, dazwischen kämen andere Frauen dran. Sie alle würden engagiert von einer Agentur in Bratislava, die einem Wiener gehört habe. Der sei inzwischen leider gestorben.

Ja, der habe Egon Althoff geheißen. Und ja, sie habe ihn gekannt.

»Gut?«

»Ziemlich gut«, Katinka schossen Tränen in die Augen, »wir wollten heiraten.«

»Oh. Dann gestatten Sie, daß ich mein Beileid ausdrücke.«

»Danke, Herr Major. Werden Sie Egons Mörder finden?«

»Das hoffe ich sehr. Vielleicht können Sie uns dabei helfen. Haben Sie von Egon die Namen Zdenko Mrkvicka oder Felix Seidel gehört?«

Katinka schien diese Frage zu beunruhigen. Sie schwieg.

»Haben Sie Angst, den Job zu verlieren?«

Katinka schwieg.

»Nicken Sie mit dem Kopf, wenn ich recht habe. Egon Althoff war auf der Suche nach Felix Seidel.«

Katinka nickte zögernd.

»Hat er etwas herausgefunden?«

Katinka nickte.

»Wußte er, wo Seidel steckt?«

Katinka schüttelte den Kopf. Dann sagte sie kurz entschlossen:

»Egon hat gesagt, er weiß, *wer* Seidel *ist*. Eine Stunde später hat man ihn entführt. Mehr weiß ich nicht.«

»Haben Sie hier schon einmal Besucher erlebt?«

»Ja und nein.«

»Was heißt das?«

»Ich weiß, daß Leute gekommen sind. Aber nicht zu mir ins Haus, sondern sie sind von außen in die Garage und von dort wahrscheinlich in den Keller gegangen. Nach ein paar Stunden sind sie wieder weggefahren. Die meisten wenigstens. Denn als ich das Haus verließ, stand immer noch ein Wagen draußen.«

Anschließend wurde der Keller besichtigt, der zwei Zugänge hatte: einen vom Wirtschaftsraum neben der Küche, den anderen von der Garage.

Im Keller gab es zunächst die üblichen Kellerräume, wie Waschküche, Heizungsraum, Weinkeller, Magazin.

Es gab dort aber auch eine ganz modern ausgestattete gynäkologische Station, ein Labor mit Instrumentarium für medizinische Fortpflanzungshilfe, zwei Krankenzimmer und alle nötigen Nebenräume.

Ins Büro zurückgekehrt, fand Mertens auf seinem Schreibtisch den Namen des Villenbesitzers vor: Konrad Nemeth.

Dazu hatte man festgestellt, daß er ein österreichischer Staatsbürger war, der 1953, als Dreizehnjähriger, wegen Schleichhandels im Wiener Resselpark von der russischen Besatzungsmacht verhaftet und in ein Arbeitslager verschleppt worden ist. Erst 1989 sei er, damals 49 Jahre alt, nach längeren Aufenthalten in Warschau, Prag und Bratislava, wieder in Wien aufgetaucht. Dort habe er in der Wohnung seiner inzwischen verstorbenen Eltern in der Keplergasse gewohnt, wo er immer noch polizeilich gemeldet, aber nur sehr sporadisch anwesend sei. Die Villa in Hietzing habe er vor drei Jahren erworben.

Da unter Nemeths Aufenthaltsorten auch Bratislava genannt war, kontaktierte Mertens seinen dortigen Ansprechpartner.

Dem war Konrad Nemeth ein Begriff. Allerdings nur als ein Mann, der möglicherweise in Diensten einer Ostmafia-Gruppe stehe, die nicht näher geortet werden konnte. Nemeth halte sich häufig, aber immer nur stundenweise in Bratislava auf. Er scheine zu wissen, daß er polizeilich überwacht werde, und vermeide es sehr geschickt, bei irgend einer strafbaren Handlung erwischt zu werden. Auch fehle bisher jeder Beweis für Drogengeschäfte, deren er verdächtig sei.

Man werde Mertens jedenfalls verständigen, sobald dieser zwielichtige Mann wieder auftauche.

Das für diesen Mittwochabend fällige Treffen Friedrich Kerstens mit Manfred Althoff wurde von Friedrich schweren Herzens abgesagt – Otto Urbanek hätte darauf bestanden, dabei zu sein, und das wollte Friedrich unter allen Umständen vermeiden.

22.

Unerwartet bald, nämlich schon Donnerstag früh, erhielt Mertens aus Bratislava die Nachricht, daß Konrad Nemeth einem Konfidentenbericht zufolge an diesem Abend um 22 Uhr 30 im *Girardi* in Wien verabredet sei.

Gleich darauf bekam Mertens einen Anruf von dem Feschen. Das war der Mann aus dem *Girardi,* der sich vom Tod Egon Althoffs so besonders betroffen gezeigt hatte.

Der Fesche sagte, über den Tod vom Egon habe er noch nichts gehört. Aber gestern sei ein Mann im *Girardi* gewesen, der sich bei ihm und beim Seidenen erkundigte, ob sie wüßten, wohin der Schmekal verschwunden sei. Außerdem wollte er wissen, ob sie den Mrkvicka gekannt hätten, und ob der etwas von einem Felix Seidel erzählt habe.

Darauf hätten der Fesche und der Seidene gesagt, sie wüßten gar nichts, aber morgen seien auch der Fade und der Klane da, die könnten ihm vielleicht weiterhelfen. So werde der Mann wahrscheinlich heute wiederkommen, hoffentlich.

Zwei Fliegen mit einer Klappe? dachte Mertens, wagte aber nicht so recht, daran zu glauben. Es könnte der Fesche ja auch dazu benützt worden sein, Mertens eine Falle zu stellen. Abends würde man's wissen.

Zu Mertens angenehmer Überraschung lud Ilona ihn für sieben Uhr zum Abendessen ein. Er sagte zu, bis 22.00 Uhr, dann habe er noch eine dienstliche Verpflichtung.

Bei Ilona, nach Tisch, spielte Mertens zuerst nur die Melodien seiner zwei neuen Songs. Die gefielen Ilona. Aber sie wollte natürlich vor allem die Worte hören. Und so wiederholte Mertens die Musik und ließ dazu in einer Art Sprechgesang die Texte von *I wü nua di* und *Nicht mehr* hören.

Ilona war überrascht und beeindruckt, aber sie sträubte sich dagegen, Mertens wissen zu lassen, daß sie wußte, wer gemeint war. Denn sie hatte noch immer nicht den Mut, sich darauf einzulassen. Deshalb fragte sie, ganz ohne Koketterie, nur um der Situation ihre Verfänglichkeit zu nehmen:

»Wer ist denn die Glückliche?«

Sie hatte sich in Mertens nicht getäuscht. Er respektierte ihren Wunsch, nicht persönlich zu werden. Und er bewunderte ihren Takt, mit dem sie dies ausgedrückt hatte. Deshalb sagte er:

»Das verrate ich erst, wenn die ›Glückliche‹ Bescheid weiß. Die ist noch recht ahnungslos.«

Hierauf verabschiedete er sich, denn es war zweiundzwanzig Uhr geworden.

Eine halbe Stunde später traf Mertens beim *Girardi* ein. Ogris und Bauer saßen vis-à-vis in einem Funkstreifenwagen, wo sie vorläufig auch blieben.

Mertens ging in das Nachtlokal. Der Fesche und der Fade saßen bei Harry an der Bar und warteten auf Mertens, mit einem leeren Hocker zwischen sich. Der Seidene und der Klane hatten ihre Mädchen dabei und saßen an einem Tisch neben der Tanzfläche.

An einem anderen Tisch dort, mit dem Gesicht zum Eingang, hatte ein Konfident aus Bratislava Platz genommen, der Mertens unauffällig zeigen sollte, wer Konrad Nemeth sei, wenn dieser erschien.

Mertens setzte sich auf den Barhocker zwischen den Feschen und den Faden und bestellte bei Harry Campari Orange. Der Mann, der sich gestern nach Seidel und Mrkvicka erkundigt hatte, war bis jetzt nicht da. Aber der Fesche beschrieb dessen Aussehen und fügte hinzu:

»Alle paar Minuten fall'n ihm Haar' in's G'sicht.«

»Dann is' des der Urbanek, der Antiquitätenhändler«, wußte der Fade.

Das war Mertens schon vorher klar gewesen. Und er konnte zufrieden sein – Urbanek hatte auf den Köder von vorgestern angebissen und war der angeblich zu Seidel führenden Spur gefolgt. Wobei es tief blicken ließ, daß Urbanek von sich aus ins *Girardi* ging – Mertens hatte dieses Lokal mit Absicht nicht erwähnt.

Kurz nach halb elf erschienen zwei neue Gäste. Der eine sah sich suchend um, der andere ging zielstrebig auf den Bartresen zu und setzte sich an die Ecke zur Schmalseite, links von Mertens aus gesehen. Sodaß dieser das große rote Feuermal am Nacken des Mannes sofort bemerkte.

Mertens beorderte Ogris und Bauer per Handy herein. Da wurde ihm bezüglich des anderen Mannes signalisiert, daß dies Konrad Nemeth sei. Mertens stand auf und sprach ihn an:

»Herr Nemeth?«

In diesem Moment sagte Schmekal, den Ogris und Bauer mitgebracht hatten: »Das ist der Bernstein!«

»Und wer ist der Mann dort drüben, mit dem Feuermal?«
»Der Dumme Pepi, Herr Major.«

Mit diesem Mann begann Mertens tags darauf die Vernehmungen, Freitag um acht.

Mertens erkannte rasch, warum der große, kräftige Pepi Wieser, der 24 war, den Spitznamen »der Dumme Pepi« trug. Denn Wieser war ein gutmütig Einfältiger, geistig Zurückgebliebener – ein nützlicher Idiot, wie er im Buche stand –, den es glücklich machte, wenn er gebraucht wurde.

Diesmal dafür, sich abends mit einem aufgeklebten Feuermal ins *Girardi* an die Bar zu setzen und nichts zu tun, als Cola zu trinken und darauf zu warten, daß er verhaftet werde. Mit der Versicherung, am nächsten Tag sofort freizukommen, weil der Dumme Pepi noch nie etwas Böses gemacht hatte und einfach überhaupt von nichts etwas wußte. Außer von den Dingen, die man ihm eingeredet hatte.

Wie zum Beispiel, daß der Pepi dem Großen Boß, der ihn sehr lieb habe, damit einen Gefallen tue und daß er dafür einen Tausender bekäme. Wer dem Pepi diesen Auftrag samt dem Geld gegeben habe? Der nette Mann, der gestern mit dem Pepi zugleich festgenommen wurde.

Mertens hatte sich längst auf die Redeweise des Pepi Wieser eingestellt und formulierte seine Fragen entsprechend. So wollte Mertens jetzt wissen:

»Hat der Pepi ein rotes Sakko?«

»Ja! Ein schönes rotes. Das ist auf der anderen Seite dunkelblau, und man kann beide Seiten tragen! Das hat der Große Boß dem Pepi geschenkt! Das weiß der Pepi vom Herrn Schmekal, der dem Pepi das Sakko gebracht hat!«

»Hat der Pepi den Herrn Schmekal in diesem Sakko einmal in der Nacht begleitet …?«

Pepi Wieser fiel Mertens ins Wort:

»Freilich! Dafür hat der Pepi das Sakko gekriegt!«

»Für die Begleitung?«

»Ja. Damit der Pepi dem Herrn Schmekal hilft. Dem hat ein böser Mann viel Geld weggenommen. Das war in der Aktentasche von dem bösen Mann. Der böse Mann wollte sie wegtragen und nicht hergeben. Aber der Pepi war stärker und hat sie ihm für den Herrn Schmekal weggerissen.«

So blieb der Dumme Pepi vorläufig inhaftiert.

Anschließend war Konrad Nemeth alias Frank Bernstein dran. Daß trotz der Beschreibungen, die Wibiral, Professor Althoff und der Chef des *Girardi* gegeben hatten, kein Feuermal an seinem Nacken zu sehen war, überraschte Mertens nicht. Denn er hatte die Echtheit dieser Anomalie schon lange bezweifelt.

Bei Konrad Nemeths Verhör ließ Mertens den Drogenabsatz in Keplergasse und Gußhausstraße, der nicht in sein Ressort fiel, beiseite. Es gab genug anderes, was er von Konrad Nemeth alias Frank Bernstein wissen wollte.

»Alfred Wibiral sagte, Mrkvicka sei an dem Samstagabend, an dem er ermordet wurde, zu Frank Bernstein bestellt gewesen, also zu Ihnen.«

»Nein! Der Mrkvicka wurde in die Gußhausstraße bestellt. Dort war ich aber nur ein einziges Mal, und zwar erst vier Tage nach seinem Tod, am vorigen Mittwoch.«

»Um 14 Uhr 15?«

»Stimmt.«

»Wie sind Sie in die Wohnung gekommen, die Friedrich Kersten gehört?«

»Mit Schlüsseln, die ein Bote brachte. Für's Haustor hab' ich bei der Anwaltskanzlei geläutet und gesagt, der Kersten schickt mich. Das hat genügt.«

»Und kaum eine Stunde vorher haben Sie Professor Althoff erpreßt, nicht wahr?«

»Wenn Sie's sowieso wissen ...«

»In wessen Auftrag geschah das alles?«

»Der Große Boß hat sich noch niemandem vorgestellt.«

Nein, sagte Konrad Nemeth alias Frank Bernstein beharrlich, er habe keine blasse Ahnung, wer der Große Boß sei.

»Ich bekomm ja auch keine monatliche Rente von ihm, wie andere. Die kennen ihn vielleicht.«

»Wer zum Beispiel?«

»Der Doppelte Anton zum Beispiel – hab' ich gehört.«

Diesem Hinweis würde Mertens natürlich nachgehen müssen. Aber jetzt ließ er sich dadurch nicht ablenken.

»Was geschieht im Keller Ihrer Villa am Hansi Niese-Weg, Herr Nemeth?«

»Die Villa gehört mir nur auf dem Papier. Als Strohmann für den Großen Boß. Wie der das Haus benützt, weiß ich nicht.«

Ja, Konrad Nemeth alias Frank Bernstein habe seit einiger Zeit Egon Althoffs Firma geleitet. Auch das sei auf Befehl des Großen Bosses geschehen.

»Wie kam es dazu?«

»Ich sollte süchtigen Schützlingen Egon Althoffs als Drogenlieferant ganz niedrige Sonderpreise verrechnen. Um vorzutäuschen, daß ich Egons idealistische Ansichten teilte.«

»Egon Althoff fiel darauf ’rein?«

»Ja. Ich gewann sein Vertrauen.«

Seither konnte Konrad Nemeth Egons Firma nach den Anweisungen des Großen Bosses umkrempeln, ohne daß Egon etwas davon bemerkte.

»Ja, daß Egon Althoff einen Felix Seidel für den Mrkvicka gesucht hat, weiß ich. Aber mit Egons Tod habe ich nichts zu tun.«

»Kennen Sie Otto Urbanek?«

»Nein. Wieso?«

»Der ist auch auf der Suche nach Felix Seidel.«

»Davon habe ich nie etwas gehört.«

Dies war eine offensichtliche Lüge. Denn es war festgestellt worden, daß Konrad Nemeth alias Frank Bernstein vor seiner Verhaftung öfter im *Girardi* verkehrt hatte. Und immerhin wußten dort sogar die allerkleinsten Ganoven, daß es Otto Urbanek gab und daß der diesen Seidel suchte.

So sah Mertens die wahren Zusammenhänge auf einmal ganz klar vor sich. Ohne ihm weitere Fragen zu stellen, ließ er Nemeth abführen.

23.

Am nächsten Morgen, Samstag, hatte Friedrich Kersten um halb neun sehr schmerzliche Empfindungen. Die wurden ihm von Otto Urbanek, dem Ästheten, der selbstverständlich kein Blut sehen konnte, mit Elektrostößen zugefügt, nachdem deren bloße Androhung Friedrich nicht zum Reden gebracht hatte.

Seit Montag abend, als Friedrich ihm Vorhaltungen wegen Karinas Alibi machte, ließ Urbanek Friedrich beobachten. So wußte er, daß Friedrich tags darauf am Naschmarkt mit Mertens gesprochen hatte. Obwohl die Begegnung auf den Beobachter wie ein zufälliges Treffen wirkte, hielt Urbanek dieses doch für verabredet.

Urbanek wollte nun unbedingt wissen, ob eine Kooperation zwischen Friedrich und Mertens bestand, und wie weit sie reichte. Er glaubte zwar nicht, daß Friedrich etwas mit Schmekals Verhaftung zu tun hatte, die Urbanek inzwischen von einem der Liebespaare im *Girardi* berichtet worden war. Auch beim Verschwinden von Konrad und dem Dummen Pepi vermutete Urbanek keinen Zusammenhang mit Kersten.

Aber sicher ist sicher. Und bevor Urbanek mit Friedrich Schluß machen würde, sollte der sagen, was er von Urbanek wußte, und was davon auch Mertens bekannt geworden war.

»Also noch einmal: Was hast du dem Major auf dem Naschmarkt erzählt?«

Friedrich schüttelte den Kopf. Gleich darauf wurde sein ganzer Körper geschüttelt, denn Urbanek drückte auf den Knopf, der den Stromstoß für Friedrich auslöste. Dieser war mit Armen und Beinen an einen hohen Lehnstuhl gefesselt und mit dem Stromgerät verbunden.

Kerstens Widerstandswille bezog seine Kraft aus der nächsten Frage, die ihm immer abwechselnd mit der ersten gestellt wurde. Und die lautete: Wo ist Karina?

Da Friedrich erkannt hatte, daß Urbanek bereit und imstande war, über Leichen zu gehen, und daß Karina eine davon sein könnte, war er entschlossen, lieber selbst zu sterben, als Urbaneks Fragen zu beantworten, egal welche.

Hilfreich war auch die Überzeugung, daß Urbanek um neun die Galerie aufsperren würde, damit niemand nach Urbanek suchte, weshalb Fortsetzung der Tortur frühestens ab ein Uhr drohte.

Und bis dahin, davon war Friedrich kraft seines Optimismus fest überzeugt, konnte ja auch ein Wunder geschehen.

Das war indes gar nicht nötig. Denn Mertens erhielt einen Anruf von Karina aus Paris, die sehr erregt fragte, ob Mertens etwas von ihrem Vater wüßte. Heute früh um sieben habe er nicht angerufen wie sonst täglich.

Hierauf habe Karina bei Urbanek anfragen lassen, von Madame Varginaire, damit Urbanek Karina nicht an der Stimme erkenne. Die Antwort lautete, Herr Kersten sei nicht mehr bei Urbanek im Geschäft, und überhaupt ausgezogen. In der Gußhausstraße hätte sich ihr Vater aber bis jetzt nicht gemeldet. Ob Mertens, bitte, etwas unternehmen könne?

Mertens versprach, sich gleich um die Sache zu kümmern. Es war kurz nach eins – um eins wurde das Antiquitätengeschäft am Samstag geschlossen. Deshalb wollte Mertens es gleich in Urbaneks Wohnung versuchen. Nach dreimaligem Läuten wurde Mertens' Anruf umgeleitet. Dort hob Urbanek ab.

»Mertens hier. Wir haben erfahren, daß der Ganove Schmekal heute um 18 Uhr im Kaffee *Apfelstrudel* den Mann mit dem Feuermal treffen wird. Wollen Sie hinkommen und Fragen über den Felix Seidel stellen, bevor wir die beiden mitnehmen?«

»Selbstverständlich, Herr Major, vielen Dank!«

In diesem Moment hörte Mertens in dem Raum bei Urbanek eine männliche Stimme ganz laut rufen:

»Hiiilfe!!! Ul-« – da schnappte das Gespräch ab.

Mertens rief Ogris zu sich und berichtete, was gerade geschehen war.

»Was kann Ul- bedeuten? Den Ort der Bedrängnis? Ul-, Ul-, *Ultimex*!!«

»Soll'n ma' no amal anruf'n bei dem Urbanek, daß ma' glei' feststell'n könnan, wohin die Umleitung geht?«

»Das hat keinen Sinn. Urbanek ist bestimmt sofort in seine Wohnung gegangen und hat die Gesprächsumleitung gelöscht.«

Mertens beorderte eine Funkstreife mit einem Schlosser zum Lueger-Ring und ließ sich und Ogris gleichfalls sofort hinfahren. Falls Kersten tatsächlich von dort um Hilfe gerufen hatte, würde man ihn sehr rasch finden.

Die Verhaftung Urbaneks plante Mertens dann abends im Kaffee *Apfelstrudel* vorzunehmen. Bis dahin hoffte er, alle Straftaten Urbaneks beweisen zu können. Dazu waren noch ein paar Vernehmungen durchzuführen und eine kleine Inszenierung zu veranstalten. Zu dieser gehörte, daß Urbanek an einem dritten Ort beschäftigt werden mußte, bis er ins Kaffee *Apfelstrudel* käme.

Nun hoffte Mertens, die Frau zu erreichen, von deren Mitwirkung sein Plan mit Urbanek abhing: Charlotte Suttenberg. Mertens hatte Glück, sie meldete sich. Mertens bat, Charlotte möge Urbanek sofort mitteilen, daß sie ihre Aubusson-Garnitur jetzt doch verkaufen wolle und Urbanek sich die Stücke in Perchtoldsdorf ansehen könne, bevor Charlotte andere Interessenten verständige. Mertens werde ihr später alles erklären.

Charlotte freute sich, Mertens wieder einmal helfen zu können. Die einzige Frage, die sie stellte, zeigte, daß ihr klar war, worauf es Mertens ankam: »Wann darf er wieder in Wien sein?«

Mertens nannte die Zeit. Für den Fall jedoch, daß es Charlotte nicht möglich wäre, Urbanek lange genug in Perchtoldsdorf festzuhalten, oder daß Urbanek gar nicht vorhatte, ins Kaffee *Apfelstrudel* zu gehen, wollte Mertens sich etwas Zusätzliches einfallen lassen. Das würde er Charlotte mitteilen, sobald er von ihr hörte, daß Urbanek zugesagt habe.

Das erste, was Mertens von Friedrich sah, war dessen Brille. Sie lag auf dem Schreibtisch des ersten Raumes der Firma *Ultimex.* Das nächste Zimmer war klein und leer. In der Mitte desselben sah Mertens aber ein Rechteck aus Ritzen im Holzboden, mit versenktem Griff an der einen Schmalseite – eine Falltüre. Ein Polizist hob sie an dem

Griff hoch. Jetzt war eine Holztreppe zu sehen, die in den Kellerraum unter den beiden Zimmern führte.

Unten brannte Licht, ein Zeichen dafür, daß Urbanek den Raum überstürzt verlassen hatte. An den Kellerwänden standen teils Regale, teils Glasschränke mit Temperaturreglern, alle gefüllt mit Weinflaschen.

Mertens und Ogris stiegen zu dem gefesselten und bewußtlosen Friedrich hinunter.

»Den führ' ma' glei' in's Spital«.

Während Ogris und die beiden Funkstreifen-Polizisten Kersten entfesselten und nach oben brachten, rief Mertens Professor Manfred Althoff an und schilderte Friedrich Kerstens Verfassung. Wie Mertens vermutet, ja beabsichtigt hatte, verlangte Manfred sofort, man möge Friedrich auf Manfreds Abteilung ins AKH bringen, Manfred werde ihn sofort dort ankündigen und selbst hinkommen, um sich um Friedrich zu kümmern.

»So is' der Professor a bissl abg'lenkt von sein' Sohn«, bemerkte Ogris zufrieden.

Da signalisierte Mertens' Handy einen Anruf. Es war Charlotte Suttenberg, die Urbaneks Zusage meldete. Urbanek werde in fünfzehn Minuten vor seinem Haustor stehen, um in Charlottes Wagen zuzusteigen.

Nun wurde vereinbart: Der Kofferraum von Charlottes Wagen sollte unversperrt sein, wenn sie Urbanek abholen kam. Während Urbanek dann bei Charlotte seine Wunsch-Möbel besichtigte, würde jemand ein dubioses Päckchen in den Kofferraum tun. Auf der Heimfahrt von einer Funkstreife gestoppt, würde das einen triftigen Grund abgeben, Charlotte und Urbanek festzunehmen.

24.

Um 14 Uhr waren Mertens und Ogris bei Anton Anton. Erstens, weil Konrad Nemeth alias Frank Bernstein behauptete, daß der Doppelte Anton vom Großen Boß eine Rente beziehe. Zweitens, weil Antons Frau Vroni an diesem Samstag aus Zürich zurückgekehrt war.

Mertens ging davon aus, daß Anton Anton zwar viele Details aus der Verbrecherszene erfuhr, daß er aber bezüglich der großen Zusammenhänge nicht zu den wirklich Eingeweihten gehörte. Andernfalls wäre er Rosenmayer gegenüber nicht immer so auskunftsbereit gewesen.

So mußte zunächst festgestellt werden, ob Anton tatsächlich regelmäßige finanzielle Zuwendungen erhielt, ferner, von wem und wofür. Und ob Anton all das zugab. Tat er dies, dann wußte Anton nicht, wer der Mann in Wahrheit war, von dem er das Geld bekam. Nämlich: Der »Große Boß«, wie ihn Konrad Nemeth, der Dumme Pepi, und wohl auch viele andere nannten.

»Stimmt es, Herr Anton, daß Sie von privater Seite jeden Monat quasi eine Rente beziehen?«

»Ja, das stimmt, Herr Major. Seit zwanzig Jahren.«

»Seit zwanzig Jahren? Von wem?«

»Vom Sohn meiner Frau. Der unterstützt uns laufend, denn ihm geht's sehr gut.«

»Und er heißt Otto Urbanek, nicht wahr?«

»Richtig, Herr Major. Er ist Antiquitätenhändler. Aber das wissen Sie bestimmt.«

Sie hingegen, dachte Mertens, haben zu Ihrem Glück keine Ahnung, was Urbanek im übrigen ist und tut.

Jedenfalls aber sollte Anton nun noch sagen, wieso er wußte, daß Josef Huber die Schlüssel für die Kersten-Wohnung angefertigt hat. Anton hatte Rosenmayer ja vor rund drei Wochen den entscheidenden Hinweis auf Huber gegeben.

»Ich war's doch, der dem Huber den Auftrag verschafft hat. Der Otto hat mich gefragt, ob ich einen tüchtigen Schlosser kenn'. Einen, der vollkommen unbescholten ist, darauf ist es dem Otto angekommen. Und ich hab' ja nicht gewußt, wofür der Schlosser gebraucht wurde. Und weil der Otto auf jeden Fall wen gefunden hätt', hab' ich den Josef Huber genannt. Damit das Geld, das der so dringend für seine Frau braucht, kein anderer kriegt. Hab ich mich damit strafbar gemacht, Herr Major?«

»Das muß der Richter entscheiden. Ich möchte jetzt mit Ihrer Frau sprechen.«

Vroni war genauso alt wie Anton und eine gemütliche, betuliche Hausfrau. Sie hatte sich gewiß immer redlich abgerackert, um alles in Ordnung zu halten in der verwinkelten, altmodisch eingerichteten Wohnung. Unter allen Aschenbechern, unter den zahlreichen Nippes und Vasen – mit Blumen aus Plastik und Schaumgummi – lagen Zierdeckchen, die Vroni selbst gehäkelt hatte. An den Wänden und auf den Sofakissen gab es Sinnsprüche in Kreuzstichstickerei.

Vroni Anton wurde darauf hingewiesen, daß sie sich bezüglich ihres Sohnes der Aussage entschlagen konnte. Trotzdem fragte Mertens als erstes:

»Wissen Sie, was Otto Urbanek von Ihnen erzählt?«

»Ja, Herr Major. Er sagt, ich sei tot. Und daß er aus einem was weiß ich für eleganten und reichen Haus stammt. Daran sind wir schuld, sein Vater und ich.«

»Wieso?«

»Wir wollten, daß aus ihm etwas Besseres wird als mein Mann, der ein kleiner Beamter war. Drum haben wir ihn unter großen Opfern in eine wahnsinnig teure Privatschule geschickt.«

»In die VIS, die er einmal erwähnte?«

»Richtig, in die VIS. Die ganze Erbschaft meiner Eltern ging dafür drauf, und unser Erspartes. Das ist ein schrecklicher Fehler gewesen.«

»Wie meinen Sie das?«

»Das Lernen hat der Otto spielend geschafft. Aber im übrigen konnte er nicht mithalten mit den anderen. Was Taschengeld und Kleidung und Wohnen und Skifahren und Tennis und Ferienreisen anlangt.«

»Ich verstehe.«

»Anfangs war er oft bei Klassenkameraden eingeladen. In Ringstraßenhäusern, in Villen und großen Eigentums-Etagen – ausgestattet mit prachtvollen Möbeln, Bildern und Teppichen. Was den Otto fassungslos machte vor Begeisterung.«

»Und?«

»Er könne unmöglich Gegeneinladungen machen, sagte er, weil er sich für sein Zuhause geniere. Die Folge war, daß man den Otto auch kaum noch eingeladen hat.«

»Warum haben Sie ihn nicht aus der Schule genommen?«

»Weil er unbedingt dortbleiben wollte! Und eines Tages,

das hat der Otto geschworen, werde er genauso gut dastehen wie die Schulkollegen, und noch viel besser. Und es sei ihm ganz egal, wie er das anstellen müsse.«

»Das scheint ihm wirklich egal gewesen zu sein.«

»Jedenfalls hat er erreicht, was er wollte. Und ich nehme es ihm nach all dem nicht übel, daß er mich verleugnet. Denn andererseits ist er sehr besorgt um mich. Auch nach Zürich hat er mir einen Bodyguard mitgegeben.«

»Sie werden bewacht?«

»Bewacht? Nein, beschützt! Otto hat große Angst, daß mir etwas passiert. Und einmal im Monat holt er mich in einer Riesenlimousine ab, mit schwarzen Fenstern und mit Chauffeur natürlich. Da gibt's dann immer ein tolles Picknick im Wagen, mit Champagner und Kaviar und solchen Sachen. Auch sonst sorgt der Otto gut für mich und den Anton, und ich weiß, daß er im Grunde sehr an mir hängt.«

»Wußte Ihr Sohn von Mrkvickas Besuchen?«

»Ja. Und ich habe dem Otto die schreckliche Geschichte erzählt von der Mutter vom Mrkvicka.«

Mertens verlangte alles zu hören, was Vroni von Mrkvickas Mutter wußte. Die Details, an die Vroni sich aus Mrkvickas Erzählung erinnerte, stimmten mit dem überein, was Mertens aus Urbaneks Erzählung kannte.

»Der Mrkvicka kam sehr gerne her. Er hat in mir seine zweite Mutter gesehen.«

»War der Mrkvicka für Sie ein zweiter Sohn?«

»Ja, das kann man sagen. Der Otto hat ja sowenig Zeit für mich.«

»Ich vermute, daß Sie mit dem Mrkvicka deshalb auch über sehr persönliche Dinge sprachen, oder nicht?«

»Doch, über sehr persönliche.«

»Haben Sie dem Mrkvicka vielleicht erzählt, wer Ihr richtiger Sohn ist?«

Vroni wurde verlegen.

»Erst beim letzten Mal. Und selbstverständlich mußte der Mrkvicka vorher hoch und heilig versprechen, daß er's nicht weitersagt!«

»Hat Otto Urbanek davon erfahren?«

»Ja, ich hab's ihm beichten müssen. Weil nämlich der Mrkvicka auf meine Mitteilung geantwortet hat, er habe den Otto zufällig vor kurzem kennengelernt. Und da habe der Otto sehr über den Tod seiner Mutter lamentiert.«

Die Zufälligkeit dieses Kennenlernens bezweifelte Mertens. Denn Urbanek hatte Zugang zu Mrkvickas Milieu, kaum jedoch umgekehrt. Mertens ließ sich aber nichts anmerken und fragte:

»Der Mrkvicka soll ein kleiner Drogendealer gewesen sein. Hat Sie das gar nicht gestört, Frau Anton?«

»Drogendealer? Aber doch nicht wirklich! Nur zum Schein, um den Mörder seiner Mutter, Felix Seidel, zu finden. Und um Kriminelles in einer Hietzinger Villa aufzudecken. Aus purem Idealismus! Auch das hab' ich dem Otto erzählt. Weil dem nämlich, leider, so etwas ganz fremd ist.«

»Wissen Sie irgend etwas vom Mrkvicka, was bei der Suche nach seinem Mörder helfen könnte?«

»Ich glaube ja. Der Mrkvicka hat vom Egon Althoff in Bratislava gehört, daß der Felix Seidel jetzt Frank Bernstein heißt.«

»Frank Bernstein?«

»Ja. Und am Tag meiner Reise nach Zürich, da war der Mrkvicka für den Abend zu dem Frank Bernstein bestellt. In die Gußhausstraße. Dort ist er dann erschossen worden, der arme Kerl!«

25.

Charlotte und Urbanek waren seit 14 Uhr unterwegs nach Perchtoldsdorf. Urbanek chauffierte, denn sie saßen in seinem Jaguar. In Charlottes Auto einzusteigen war für ihn nicht in Frage gekommen: »Wenn man den Fahr- und Sitzkomfort eines Jaguars gewöhnt ist, fühlt man sich in keinem Wagen einer niedrigeren Klasse wohl, gnädige Frau.«

Charlotte war kein überzeugendes Argument eingefallen, weshalb sie nicht in Urbaneks Luxuskarosse einsteigen wollte. Also hatte sie sofort nachgegeben, um nicht schon vor Beginn der Fahrt Urbaneks Mißtrauen zu wecken. Obwohl dadurch der mit Charlottes Wagen verbundene Teil von Mertens' Plan ins Wasser fiel. Charlotte hoffte aber zuversichtlich darauf, daß ihr ein Ersatzplan einfallen werde.

Urbaneks Handy steckte in der Freisprechhalterung, ausgeschaltet, weil Urbanek unterwegs nicht gerne telefonierte. Und grundsätzlich auch keine anderen Gespräche führte, wie er erklärte.

Um 14 Uhr 40 fuhr Urbanek vor Charlottes Haus in Perchtoldsdorf vor. Dieses lag fast am Ende des nur von Anrainern befahrenen Schießgrabensteiges, einer steil ansteigenden Sackgasse, fast am Wald. Das Erdgeschoß war an eine Familie mit drei Kindern vermietet, wodurch Charlotte die Sorge der ständigen Betreuung von Haus und Garten abgenommen war. Außerdem hatte sie jetzt die beruhigende Gewißheit, hier mit Urbanek nicht allein zu sein.

Sie stiegen aus. Kurz danach genoß Urbanek den Anblick der prachtvollen Stühle, die in einer Nische des großen Wohnzimmers standen. Die schön geschwungenen, geschnitzten, grünlich und golden bemalten Holzteile begeisterten ihn ebenso wie der Bezug der gepolsterten Partien. Dieser Bezug – der Aubusson – zeigte auf blaßblauem Grund jeweils große Blumenbouquets in verschiedenen Rot-, Rosa- und Beige-Tönen. An sämtlichen Kanten war der Aubusson mit Kopf an Kopf eingeschlagenen Ziernägeln am Holz befestigt. Urbanek konnte sich gar nicht satt sehen.

Es war jetzt fast drei Uhr.

»Was darf ich Ihnen anbieten, bevor wir zum Geschäftlichen kommen? Vielleicht Kaffee? Und dann ein Glas Wein?«

»Vielen Dank. Kaffee gerne. Und Wein, wenn's ein Grüner Veltliner ist. Das ist der einzige Nicht-Franzose, den ich trinke. Aber wirklich nur ein Glas, ich muß ja fahren.«

Um 15 Uhr wurde Konrad Nemeth alias Frank Bernstein mit Vroni Antons Aussagen konfrontiert.

Konrad schwieg.

»Der Mrkvicka hat geglaubt, der Felix Seidel alias Frank Bernstein wartet auf ihn in der Gußhausstraße.«

Konrad schwieg.

»Aber in Wahrheit ist es der Große Boß gewesen, stimmt's?«

Konrad schwieg.

»Antworten Sie!«

»Glauben Sie, ich will der nächste sein?«

»Wenn Sie's nicht sagen, stehen Sie selbst unter Mordverdacht, Herr Nemeth alias Frank Bernstein alias Felix Seidel!«

Da platzte Konrad der Kragen: »Ich bin nicht der Seidel! Der ist schon vor Jahren mafia-intern liquidiert worden! Der Boß hat ihn aber als nützlichen Popanz auferstehen lassen, den er überall sucht. In Wahrheit hat der Boß nur herumspioniert, um neue Leute zu finden, die er von sich abhängig machen kann. Neuerdings sogar in der Schwulenszene.«

»Wieso hat Egon Althoff geglaubt, daß Sie zugleich Felix Seidel sind?«

»Das hat ihm der Große Boß eines Tages telefonisch mitgeteilt. Weil der Egon anfing, für den Mrkvicka nach dem Seidel herumzufragen. Es war klar, daß der Egon dem Mrkvicka die Falschmeldung über den Seidel weitersagte. Und dann mußte ich den Mrkvicka durch den Wibiral in die Gußhausstraße bestellen lassen. Angeblich zu Frank Bernstein, von dem er nun glaubte, daß er der Seidel sei. Er wurde aber vom Großen Boß persönlich empfangen und erschossen.«

»Der Mrkvicka muß ein sehr naiver Mann gewesen sein. Andernfalls wäre er nicht allein dorthin gegangen.«

»Er war mehr als ein naiver Mann – er war ein unbeugsamer Idealist. An einer gerichtlichen Verurteilung des Seidel lag ihm nichts. Das, so sagte er, hätte seine Mutter nicht wieder lebendig gemacht. Sein einziges Verlangen war, den Seidel zu entlarven und ihm all seine Verbrechen persönlich vorzuhalten.«

»Was hätte dies dem Mrkvicka gebracht?«

»Er dachte, der Traumtänzer, das würde den Seidel knicken. Diese Genugtuung wollte der Mrkvicka erleben. Eine Verständigung der Polizei hätte das natürlich total vereitelt.«

»Genug vom Mrkvicka. Wieso hat der sogenannte ›Große Boß‹ Macht über Sie, Herr Nemeth?«

»Er kennt meine Vergangenheit. Beim Fall des Eisernen Vorhangs war ich in Warschau wegen Betruges im Gefängnis. Danach ließ ich mich als Drogenkurier anwerben. Es hat Jahre gedauert, bis sie mich endlich auch nach Wien schickten. Hier wollte ich ein neues Leben beginnen. Aber Ausstieg aus der Drogen-Organisation war gleichbedeutend mit Tod. Das hat der Große Boß perfide ausgenützt. Und mich durch Erpressung nur noch tiefer hineingezogen.«

Zum Beispiel durch die illegale Einrichtung und den illegalen Betrieb der gynäkologischen Station am Hansi Niese-Weg. Mit dem Labor für klinikgemäße Aufbewahrung und Handhabung gespendeter Fortpflanzungssubstanzen.

Damit werde zahlungskräftigen Frauen geholfen, die sich lieber in Wien als im Ausland medizinischer Fortpflanzungshilfe durch Implantation von Ei-Spenden unterzögen.

»Frauen aus Bratislava hingegen, die damit Geld verdienen möchten, werden am Hansi Niese-Weg entweder zu Ei-Spendung herangezogen oder als Leihmütter verwendet.«

»Beides ist in Österreich verboten.«

»Eben deswegen sind gutsituierte Personen, die nur auf solche Art zu einem Kind kommen können, bereit, praktisch jeden Preis dafür zu bezahlen.«

»Und was interessierte den Mrkvicka an der Villa in Hietzing?«

»Er hatte manche Frauen in seinem Wagen aus Bratislava zum Hansi Niese-Weg gebracht. Manchmal holte er eine dort auch ab. So hat er wohl erfahren, daß der Große Boß Eispendung und Leihmutterschaft nur mit einer Bagatelle entlohnt. Das wollte der Mrkvicka im Interesse dieser Frauen ändern. Er dachte, der Naivling, das sei möglich, falls es ihm gelingen sollte, den Großen Boß privat zu entlarven.«

»Stimmt es, daß Ärzte und Pflegepersonal für diese Keller-Gynäkologie aus Bratislava importiert wurden?«

»Nur das Pflegepersonal. Die Ärzte kamen aus Italien.«

»Wurden auch verbotene Abtreibungen gemacht?«

»Ja, natürlich.«

»Nun also, Herr Nemeth: Der ›Große Boß‹ ist Otto Urbanek. Sie haben geleugnet, ihn zu kennen. Ich bezweifle das. Wie auch immer – sind Sie bereit, an seiner Verhaftung mitzuwirken?«

»Darauf können Sie Gift nehmen, Herr Major.«

26.

In Perchtoldsdorf war die Preisverhandlung über die sechs Stühle zu beiderseitiger Zufriedenheit verlaufen. Danach holte Charlotte eine Flasche Veltliner und Knabbergebäck. Sie brachte zwei Gläser zu dem Tisch, an dem sie vorher mit Urbanek Kaffee getrunken hatte, und setzte sich wieder zu ihm.

»Jetzt hab' ich den Flaschenöffner vergessen.« Charlotte stand auf. »Möchten Sie nicht vielleicht einen der Sessel gleich heute mitnehmen?«

»Bevor Sie das Geld haben?«

Urbanek mußte wieder einmal seine Haarsträhne bändigen.

»Aber Herr Urbanek! Sie betrügen mich doch nicht!«

»Ihr Vorschlag ist sehr liebenswürdig. Und verlockend. Vielen Dank. Ich kann Ihnen ja einen Anzahlungsscheck geben.«

»Nicht nötig. Ich möchte lieber den ganzen Betrag auf einmal bekommen.«

»Es gibt aber noch ein Problem. Mein Kofferraum geht dann vielleicht nicht zu.«

Genau darauf hatte Charlotte spekuliert.

»Das können wir ja ausprobieren. Kommen Sie. Ich hole eine Decke zum Einwickeln. Und Seile zur Befestigung habe ich auch, wenn's nötig sein sollte.«

Urbanek, seit ewiger Zeit auf der Jagd nach Objekten wie diesen, konnte dem Angebot nicht widerstehen. Charlotte holte die angekündigten Utensilien, Urbanek trug einen der Sessel zum Wagen, und gemeinsam wurde das Möbelstück sorgsam verpackt. Aber wie man es dann auch drehte und wendete, der Kofferraum ließ sich nicht ganz schließen. Etwa zehn Zentimeter betrug der Abstand zwischen Unterkante des Deckels und Oberkante des Kofferraums.

Urbanek schwankte, ob er den Sessel mitnehmen oder doch lieber hier lassen sollte. Denn wenn er andere Wagenlenker mit halb offenem Kofferraum vor sich fahren sah, fand er das immer ganz fürchterlich.

Aber schließlich zog Urbanek den Umkehrschluß aus der Maxime, daß dem gemeinen Manne nicht gestattet sei, was einem Gotte frommt, und sagte sich: *»Quod licet bovi, licet Jovi!«*

So benützte Urbanek eines von Charlottes Seilen, um den Kofferraumdeckel so zu fixieren, daß er während der Fahrt in der Zehn-Zentimeter-Position bleiben würde. Und Charlotte sagte:

»Jetzt ist unser Glas Wein fällig!«, worauf beide ins Haus zurückgingen. Und Charlotte hoffte inständig, daß Mertens' Päckchenbringer keinen Anstoß daran nehmen würde, daß der einzige Wagen vor Charlottes Haus nicht Charlottes Wagen war.

Das Glas Wein war bald getrunken, und Urbanek drängte zum Aufbruch. Also traten sie die Heimfahrt an, fast genau um vier Uhr.

Charlotte war froh, daß Urbanek beim Fahren nicht reden wollte. Ihr verstorbener Mann Alfons hatte ständig unterwegs geredet oder wollte von Charlotte mit Erzählungen unterhalten werden. Auch bei laufendem Radio.

Bei Urbanek hingegen konnte sie ungestört ihren Gedanken nachhängen. Und da Urbanek angenehm und sicher fuhr, fühlte Charlotte sich physisch ganz wohl.

Doch Charlotte hatte psychisches Bauchweh. Da sie seinerzeit einen Teil des Jusstudiums absolviert hatte, wußte sie, daß durch Einigung über Ware und Preis ein Kaufvertrag entsteht. Sie wußte aber nicht mit Sicherheit, ob die Niederschrift das verhindern würde, die sie in Wien vor der Abfahrt verfaßt hatte.

In dieser Niederschrift erklärte sie, Otto Urbanek ihre Aubussons – im Dienste der Justiz – nur zum Schein anzubieten. Sie mußte jedoch darauf gefaßt sein, die prächtigen Stühle, an denen sie sehr hing, Urbanek rechtsgültig verkauft zu haben. Und diesfalls wäre der Stuhl in Urbaneks Kofferraum durch die Übergabe sein Eigentum geworden. Möglicherweise würde Charlotte sich wirklich mit einer Weltreise trösten müssen.

Sie waren jetzt in der Wilhelmstraße, kurz nach der Philadelphiabrücke. Da schaltete Urbanek das Handy ein: »Mal sehen, was die Mailbox für mich hat.«

Gleich darauf war zu hören: »Stell dein Handy nicht immer ab, verdammt! Du hast ein Osterei im Kofferraum! Hat dir einer am Schießgrabensteig 'reingelegt!«

Charlotte sah Urbanek entsetzt an.

»Aber, aber, gnädige Frau! Sollten Sie mir eine Falle gestellt haben? Das würde Ihnen wirklich sehr schlecht bekommen!«

»Weshalb sollte ich Ihnen eine Falle stellen? Gibt es denn etwas …?«

»Das kann man nie wissen, meine Dame. Und wenn, werde ich Ihnen das bestimmt nicht auf die Nase binden.

Verzeihung, vorläufig bin ich selbstverständlich noch ganz höflich. Ob das so bleibt, hängt davon ab, was ich da in meinem Kofferraum finde. Das sehe ich mir aber natürlich nicht hier auf der Hauptstraße an, denn ich werde Sie derweil zur Sicherheit wohl eine Weile ruhigstellen müssen.«

Charlotte legte ihm eine Hand begütigend auf den Arm, sah ihn direkt an und gab sich alle Mühe, ganz ruhig zu wirken, »Selbst wenn Sie etwas Belastendes finden, heißt das doch noch lange nicht, daß ich etwas damit zu tun habe!«

Bei dem Gesicht, das Urbanek nun machte, hielt Charlotte es für ratsamer, zu schweigen. Urbanek wurde langsamer, bremste ab, bog rechts in die Nebenstraße ein, blieb stehen, griff zu seiner linken, inneren Brusttasche, und Charlotte sah alles verloren.

Da merkte sie, daß Urbanek von einer Funkstreife angehalten worden war. Aus der Brusttasche zog er seine Wagenpapiere, die er dem Beamten reichte. Dankbar dachte Charlotte an Mertens, der entweder ihre Abfahrt nach Perchtoldsdorf hatte beobachten lassen oder den Funkstreifen auf alle Fälle auch Urbaneks Autokennzeichen genannt hatte. Und nun verlief alles weitere nach Mertens' Plan: Urbanek und Charlotte wurden festgenommen, weil pures Heroin, an Urbanek adressiert, in dem Kofferraum gefunden worden war.

Um Viertel fünf saß Mertens neben Friedrich Kerstens Bett im AKH. Friedrich hatte sich weitgehend erholt, sollte aber auf alle Fälle noch eine Zeitlang unter ärztlicher Aufsicht – der Aufsicht seines Freundes Manfred – bleiben.

Friedrich erzählte, daß Urbanek gestern abend mit ihm in den Keller der *Ultimex* gegangen sei, um Friedrich, wie schon öfter, den passenden Wein zum Essen aussuchen zu lassen. Zwei Flaschen seien bereits geöffnet und zwei Gläser angefüllt gewesen. Friedrich habe sich nichts dabei gedacht, weil es Rotwein war. Offenbar sei aber ein schweres Betäubungsmittel darin gewesen. Als Friedrich heute früh zu sich kam, war er gefesselt und, als Urbanek gut ausgeschlafen etwa um halb neun zu ihm kam, dessen Willkür ausgeliefert.

Charlotte Suttenberg war auf Mertens' Anordnung gleich nach der Anhaltung durch die Funkstreife nach Hause gebracht worden, mitsamt dem Aubusson-Sessel, den sie als ihr Eigentum reklamierte.

Urbanek hingegen wurde ungeachtet seines Protestes und der Beteuerung, das Heroin sei ihm unterschoben worden, über eine Stunde festgehalten. Dann konnte er seinen Jaguar besteigen, wurde aber von einer Polizeieskorte begleitet. Diese wartete, bis er seinen Wagen in der Gußhausstraße abgestellt hatte und das Kaffee *Apfelstrudel* betrat, wie bestellt, um 18 Uhr.

Es waren nicht viele Besucher da. Ogris stand neben dem Eingang, durch den Urbanek gekommen war, Rosenmayer hatte sich – für Urbanek nicht zu sehen – bei dem Ausgang postiert, durch den der Mann mit dem Feuermal einmal entwischt war.

Ein Gast fiel Urbanek sofort auf. Dieser saß mit dem Rücken zur Türe, hatte eine Glatze und ein großes Feuermal im Nacken. Urbanek, durch die polizeiliche Begleitung höchst mißtrauisch geworden, überlegte, wo er Platz nehmen sollte. Da erschien Mertens und deutete auf den Glatzkopf:

»Das ist der Mann mit dem Feuermal, der den Schmekal hier treffen will.«

»Aha. Und wo ist der Schmekal?«

»Der ist verhindert. Für Sie ist der Mann hier sowieso wichtiger. Reden Sie mit ihm. Sie müssen ihm aber genau erklären, welchen Seidel Sie suchen, Herr Urbanek.«

»Den von Dresden natürlich, der meine Mutter auf dem Gewissen hat!«

»Mrkvickas Mutter.«

»Die auch, Herr Major.«

»Nein, Herr Urbanek, nur Mrkvickas Mutter. Deren tragisches Ende haben Sie ihrer eigenen Mutter angedichtet und Frank Bernstein als den Dresdner Seidel ausgegeben.«

»Wer ist Frank Bernstein?«

»Alias Konrad Nemeth.«

»Kenn' ich nicht.«

»Jetzt reicht's.« Dies war das Kommando für den Gast, Perücke und Pflaster abzunehmen und sich zu Urbanek umzudrehen.

»Konrad!«, entfuhr es dem völlig Überraschten, »wieso haben sie dich?«

»Der Schmäh mit dem Seidel war nicht deine beste Idee.« Das kam Urbanek nun auch so vor.

27.

Der nächste Tag war Sonntag. Nach dem Frühstück stellte Mertens das Tonband an, das er gestern bei Urbaneks Einvernahme gleich nach dessen Verhaftung hatte mitlaufen lassen. Nun hörte Mertens in Ruhe alles noch einmal an:

»Herr Urbanek, Sie haben Zdenko Mrkvicka erschossen und ließen Egon Althoff töten.«

»Sind Sie wahnsinnig? Sie wollen mir zwei Morde anhängen? Nur wegen der Sache mit dem Seidel?«

»Auch wegen der Sache mit Friedrich Kersten.«

»Was meinen Sie?«

»Wenn es nach Ihnen gegangen wäre, hätten Sie Kersten jetzt noch im *Ultimex*-Keller in Ihrer Gewalt und könnten ihn mit Elektroschocks foltern, solange es Ihnen beliebt und er es aushält. Zum Glück waren die Aubusson-Stühle von Charlotte Suttenberg für Sie inzwischen wichtiger.«

»Wie kamen Sie auf mich?«

»Daß der vom Dummen Pepi angeschwärmte ›Große Boß‹ kleine Dealer manipuliert und Schwarzgeld weißwaschen läßt, wußte ich schon eine Weile. Auch, daß er ein großer Zyniker ist und daß er gerne Täuschungen inszeniert. Zum Beispiel mit aufgeklebten Pflastern und reversiblen Sakkos.«

»Damit habe ich überhaupt nichts zu tun.«

»Doch. Und eine Ihrer Täuschungen fiel mir schon bei unserer ersten Begegnung auf.«

»Bei Frau Suttenberg?«

»Richtig. Da bemerkte ich bald, daß Sie sich dumm stellten.«

»Wieso?«

»Nur ein dummer Mensch glaubt und sagt, daß er keine Fehler macht. Wenn das aber ein Intelligenter tut, wie einer, der die VIS absolviert hat, dann will er Dummheit simulieren.«

»Warum sollte er das tun?«

»Damit man ihn für unfähig hält, raffiniert eingefädelte Verbrechen zu begehen, wie Sie es getan haben.«

»Welches Verbrechen hätte ich raffiniert eingefädelt?«

»Den Mrkvicka-Mord. Der war Schritt für Schritt ganz sorgfältig geplant.«

»Welche Schritte glauben Sie entdeckt zu haben?«

»Zuerst ließen Sie illegale Schlüsselkopien anfertigen. Dann sorgten Sie dafür, daß während einer Auslandsreise Friedrich Kerstens auch seine Tochter Karina außer Haus war.«

»Wozu denn das?«

»Damit Sie den Mord in Kerstens Wohnung ausführen konnten.«

»Sie phantasieren, Herr Major!«

»Dieser Tatort und ein skrupellos falsches Versprechen ermöglichten es, Vater und Tochter Kersten wechselseitig als verdächtig erscheinen zu lassen und gegeneinander auszuspielen.«

»Welches Versprechen?«

»Das Versprechen, Karina nicht zu verlassen, wenn sie der Abtreibung zustimmte. Dies war die allerperfideste all der Täuschungen, derer Sie sich bedient haben, Herr Urbanek.«

»Das ist doch lächerlich! Warum rechnen Sie nicht auch Karinas Schwangerschaft zu meinen angeblichen Vorbereitungen?«

»Dazu wären Sie allerdings imstande gewesen. Aber diese Schwangerschaft trat ein, bevor Sie von Mrkvickas Suchaktivitäten wußten.«

»Sie machen sich's zu einfach, Herr Major. Sie sollten die Mörder unter Egon Althoffs Entführern und bei den Erpressern seines Vaters suchen!«

»Genau das haben wir getan. Diese Entführung und die Erpressungen wurden von Ihnen angeordnet, Herr Urbanek. Als bloße Ablenkungsmanöver, zynisch-grausame. Wir haben die Aussagen sämtlicher Mittäter.«

»Und welches Motiv soll ich gehabt haben, den Mrkvicka umzulegen?«

»Ursprünglich das gleiche wie für den Mord an Egon Althoff: Die beiden wollten Felix Seidel aufspüren. Jenen Felix Seidel, der die Mutter vom Mrkvicka auf dem Gewissen hatte. Der aber war ein Phantom.«

»Ein Phantom? Wieso?«

»Weil Sie den Dresdner Seidel als existent vorgetäuscht haben, obwohl Sie genau wußten, daß der längst tot war.«

»Und wenn schon! Das hat doch keinem weh getan.«

»Der Mrkvicka wäre darüber außer sich gewesen. Sie aber mußten nun damit rechnen, daß Mrkvicka und der junge Althoff Ihr falsches Spiel mit dem Seidel bald entdecken würden.«

»Das soll ein Mordmotiv sein?«

»Zusammen mit dem, was Mrkvicka bereits wußte. Von Frauen, die aus Bratislava nach Wien vermittelt wurden.«

»Die sind darüber alle sehr glücklich gewesen!«

»Nicht alle. Einige haben geplaudert. Und von den verbotenen Vorgängen im Keller der Hietzinger Villa erzählt.«

»Das glaube ich nicht! Sie wollen mich 'reinlegen, Herr Major! Wem Verbotenes bekannt war, mußte daran beteiligt sein. Und wer das verraten hätte, wäre selbst bestraft worden.«

»O ja, so war es von Ihnen arrangiert. Sie hatten alles fest in der Hand. Niemand hätte Ihnen etwas anhaben können. Niemand, außer Leuten wie Egon Althoff und Zdenko Mrkvicka.«

»Wieso gerade die?«

»Weil die zu den Idealisten gehörten. Das sind Menschen, die Ihnen, Herr Urbanek, völlig unbegreiflich sind. Damit sind sie für Sie auch völlig unberechenbar. Egon Althoff und Zdenko Mrkvicka hätten herausgebracht, wer der Große Boß ist. Und Sie im Interesse der ausgebeuteten Frauen kompromißlos unter Druck gesetzt. Um das zu verhindern, mußten die beiden sterben.«

»Was Sie reden, ist purer Unsinn! Und wieso hatte ich Ihr großartiges Motiv beim Mrkvicka nur ›ursprünglich‹, wie Sie sagten?«

»Weil das erste Motiv plötzlich durch ein zweites verdrängt wurde, das Mrkvickas Tod für Sie noch viel dringender machte.«

»Was sollte das gewesen sein?«

»Kurz nachdem Sie in Mrkvickas Anwesenheit den Tod Ihrer Mutter behaupteten, hat Mrkvicka erfahren, daß Ihre Mutter lebt, Herr Urbanek. Und wer sie ist. Nämlich Vroni Anton.«

Mertens sah es noch genau vor sich, wie Urbanek zusammenzuckte, als hätte ihn ein Peitschenhieb getroffen.

»Damit wußte Mrkvicka auch – und hätte es weitererzählen können –, daß Ihr elterliches Zuhause nicht mit antiken Möbeln und wertvollen Bildern ausgestattet war, wie Sie immer wieder betonen, sondern mit Sprüchen in Kreuzstichstickerei, mit Plastik- und Schaumgummirosen, und daß überall gehäkelte Zierdeckchen lagen ...«

»Hören Sie auf! Ich ertrag's nicht! Ich will nicht daran erinnert werden!«

Mertens hatte Urbanek den Boden unter den Füßen weggezogen. Urbaneks überhebliche, selbstsichere Art war wie weggeblasen.

»Die Tatsache, daß Sie aus einfachen Verhältnissen stammen, erzeugte in Ihnen ein ganz irrationales, aber latentes Gefühl von Unterlegenheit. Dieses Gefühl wollten Sie vertuschen. Zum Beispiel dadurch, daß Sie traditionelle Benimmregeln – etwa für eine luxuriöse Schiffsreise – nicht nur erlernten, sondern mit Ihrem Bescheidwissen dann auch überheblich protzten. Wie mir gegenüber bei Frau Suttenbergs Abendessen.«

Urbanek schwieg.

»Ihr Traum war es, gesellschaftlich akzeptiert zu werden. Deshalb suchten Sie Bekanntschaft mit älteren VIS-Absolventen. Die meisten derselben sind aber Ausländer und waren längst nicht mehr in Österreich, oder immer nur für kurze Zeit. Friedrich Kersten und Manfred Althoff dürften die einzigen gewesen sein, an die Sie schließlich herangekommen sind. Bei Kersten durch den Kunsthandel, bei Althoff über dessen Sohn Egon. Im Grunde jedesmal durch Zufall. Stimmt's?«

Mertens erhielt keine Antwort.

»Da Kersten Sie nur geschäftlich, aber nicht gesellschaftlich für seinesgleichen gelten ließ, machten Sie sich an Kerstens Tochter heran, um ihn von dem für Sie zu hohen Roß zu holen.«

Urbanek blieb in Schweigen versunken.

»Althoffs Sohn hingegen pfuschte Ihnen in Bratislava mit seinem karitativen Wirken ins Handwerk. Bis Sie das – ohne Egons Wissen – durch den falschen Bernstein abstellen ließen. Als Egon Althoff jedoch anfing, sich für Mrkvicka zu engagieren, wurde er endgültig zu einer Gefahr für Sie. Deshalb ließen Sie Egon entführen. Dann wurde sein Vater erpreßt, tags darauf ganz unsinnig des Geldes beraubt, das ihm die Erpresser gebracht hatten. Dachten Sie, wir würden uns dadurch auf eine falsche Spur locken lassen?«

Urbanek reagierte nicht.

»Bei Frau Suttenbergs Abendessen trieben Sie Ihren Zynismus auf die Spitze: Sie sagten zu Professor Althoff, er hätte ja noch Hoffnung, seinen Sohn wiederzubekommen. Obwohl Sie ganz genau wußten, daß Egon Althoff zu diesem Zeitpunkt – auf Ihre Anordnung hin – bereits verloren war. Und dann erzählten Sie das Märchen vom Tod Ihrer Mutter.«

Urbanek bekam einen gequälten Blick, sagte aber kein Wort.

»Zuletzt wollten Sie dem Professor gar Gesellschaft leisten beim Warten auf den Anruf der Entführer. Professor

Althoff lehnte das auffallend heftig ab. Es war evident, daß auch er keinen Wert auf privaten Kontakt mit Ihnen legte. Ich sage *auch* im Hinblick auf Kersten, den Sie ja nur durch Erpressung in die Rolle des Freundes zwingen konnten.«

Diese Feststellung gab Urbanek den Rest. Er wirkte nun wie ein intellektuell total Entwaffneter.

Folglich begann Mertens, Einzelheiten zu erfragen. Ganz systematisch. Und Urbanek antwortete. Nahezu apathisch gab er alles zu, was Mertens ihm vorhielt.

Diesen Teil des Bandes hörte Mertens aber jetzt nicht an. Morgen würde er das Protokoll schreiben lassen und Urbanek zur Unterschrift vorlegen. Sollte Urbanek die Geständnisse widerrufen, lagen genügend andere Beweise für seine Verurteilung vor.

Das Telefon läutete. Friedrich Kersten gab Bescheid, daß er vor einer Stunde nach Hause gekommen sei, in die Gußhausstraße. Und daß er ab heute in nächster Zeit die Abende immer mit Manfred Althoff verbringen werde, um ihm ein wenig beizustehen in der ersten schweren Zeit nach dem Verlust seines Sohnes. Über den Manfred im übrigen nur seine Arbeit hinweghelfen könne.

Als Mertens von Urbaneks Verhaftung sprach, meinte er durch's Telefon zu hören, wie groß der Stein war, der Friedrich Kersten vom Herzen fiel. Friedrich wollte jetzt gleich Karina nach Wien zurückrufen, dann konnte sie vielleicht noch zu der Prüfung antreten, für die sie angemeldet war. Und Friedrich bedankte sich innig für alles, was Mertens für ihn und seine Tochter getan hatte.

Nach dem Mittagessen – Ravioli aus der Dose – verbrachte Klaus Mertens drei Stunden an seinem Keyboard. Um vier bekam er Lust auf Kaffee. Gerade als er in die Küche gehen wollte, läutete sein Handy. Es war Ilona.

»Ich weiß, es ist reichlich spät dafür, Klaus, aber ich möchte sehr gerne, daß Sie zu mir zum Abendessen kommen. Geht das?

»Bevor ich antworte, müssen Sie etwas anhören, Ilona. Einen Augenblick, bitte.«

Klaus legte das Handy auf sein Keyboard. Dann spielte und sprach er:

Ich will dich ganz oder gar nicht –
ich lass' nicht spielen mit mir.
Ich will nicht nur dein
Renommier-Begleiter sein,
den du vergißt,
wenn die Party ‚over' ist!
Nein, Lady:
Ich will dich ganz oder gar nicht.
Wenn du das nicht akzeptierst,
sag' ich ›good bye‹.
Du weißt nicht, was du verlierst,
denn auch mich gibt's nur
ganz oder gar nicht!

Mertens machte eine kleine Pause, dann fragte er:
»Haben Sie das verstanden, Ilona?«
»Ja, Klaus. Bitte, komm!«

HAUPTPERSONEN

Friedrich Kersten (55), Kunsthändler
Manfred Althoff (fast 55), Friedrichs Freund
Karina Kersten (19), Friedrichs Tochter
Otto Urbanek (45), Friedrichs Teilhaber
Charlotte Suttenberg (69), Friedrichs Tante
Klaus Mertens (43), Major des Kriminaldienstes
Ilona Bergmann (33), Schriftstellerin

NEBENPERSONEN

Bertram Ogris (57), Kommissar
Herbert Rosenmayer (33), Kommissar
Franz Bauer (35), Kommissar
Der Doppelte Anton (69), Informant
Vroni (69), Antons Frau
Frank Bernstein (Ende 50), Erpresser
Ein Typ (Anfang 30), Bernsteins Begleiter
Gitti Wächter (24), Empfangssekretärin
Melitta Trnka (50), Putzfrau
Bruno Schmekal (Anfang 30), Dealer
Der Dumme Pepi (Wieser) (24), Dealer-Gehilfe
Konrad Nemeth (Ende 59), Villenbesitzer

RANDFIGUREN

Josef Huber (52), Schlosser
Alfred Wibiral (35), Auftragsvermittler
Martha Stockert (50), Ordinationshilfe
Anneliese Leitner (19), Charlottes Untermieterin
Gerbert Wolf (55), Chef und Kellner im *Girardi*
Harry (Mitte 30), Barkeeper im *Girardi*

Gäste im *Girardi*:
Der Fesche (25),
Der Seidene (28),
Der Klane (22),
Der Fade (32)
Putzfrauen:
Gerti Tikal (Mitte 40),
Katinka Houdal (20)

BLOSS ERWÄHNTE
Egon Althoff (25), Professor Althoffs Sohn
Felix Seidel, untergetauchter Verbrecher
Josef Freitag (48), Hausbesorger
Stefanie Neuwirth (82), Mieterin
Elisabeth Fuxbauer (58), Wirtschafterin
Dr. Amadeus Schuster (60), Rechtsanwalt
Maria Varginaire (33), Ilonas Schulfreundin
Maurice Varginaire (37), Marias Ehemann
Balduin (27), Diskjockey im *Girardi*

VORVERSTORBENE
Alfons Suttenberg, Charlottes Ehemann
Zdenko Mrkvicka, kleiner Dealer (42, Mordopfer)
Annette Bergmann, Ilonas Adoptivmutter

Alex Peters, 28, Innenarchitekt, liebt Margit Mangold, Verlegerin, die zehn Jahre älter ist als er. Obwohl Alex bereits seit drei Jahren in London arbeitet, kann er Margit nicht vergessen.

In einer Zeitung aus Wien sieht Alex wiederholt Margits Annonce »Köchin gesucht«. Kurz darauf erfährt Alex, daß Margit geheiratet hat. Hals über Kopf kehrt er nach Wien zurück.

Da stirbt eine von Alex sehr verehrte ältere Dame, und kurz darauf wird deren Rechtsanwalt ermordet. Damit in Zusammenhang heißt es bald in einem Steckbrief »Köchin gesucht«. Die Gesuchte steht in engem Kontakt zu Alex, der dadurch selbst in Mordverdacht gerät und verhaftet wird.

Kriminalmajor Mertens, schon bekannt aus dem Roman »Blinde Jagd«, der neuerdings Gedichte vertont, untersucht die rätselhaften Todesfälle. (Mertens' Lieder werden von Dany Sigel auf der CD »Liebe?« interpretiert.)

Von Versteigerungen in London nach Wien zurückgekehrt, findet der Kunsthändler Friedrich Kersten in seiner Wohnung einen ihm unbekannten, erschossenen Mann vor. Kersten alamiert die Polizei.
Die Schriftstellerin Ilona Bergmann lernt in Paris Kerstens Tochter Karina kennen. Karina bittet Ilona, einen Brief für Vater Kersten nach Wien mitzunehmen. Dieser habe nämlich Grund zur Annahme, daß Karina in den Mord verwickelt sei, weshalb er Karina untersagte, ihn per Post oder Telefon zu kontaktieren, solange die polizeilichen Ermittlungen andauern.
Kriminalmajor Klaus Mertens hat den Fall zu klären. Bald spielen auch Entführung und Erpressung mit, sowie eigentümliche Vorgänge in einer eleganten Villa im Wiener Nobelbezirk Hietzing.